中島デコのサステナブルライフ

人も地球も
心地よい衣食住
農コミュニティ

DECO'S
SUSTAINABLE LIFE

PARCO出版

はじめに

自然は寛容で多様性に満ち、どこまでも美しい。

朝日が昇り、夕日が沈む。
新月から満月へ移りゆき、また新月に戻る。
春夏秋冬と季節が巡り、また春が来る。
雨や吹雪や風の日もあるけど、晴れの日がやってくる。
尊い命が生まれ育ち、老いて死ぬ。
種が芽吹き、育ち、花が咲き、実がなり、また種を残す。

こうして巡りゆく自然に、もっと寄り添い、学ぶべきだ。

私は自然のなかで子を産み育て、土に触れ、季節の恵みをいただき、生活し、ずいぶんと感じ方が変わってきた。
歳を重ねたおかげもあって、いろんな事象を俯瞰《ふかん》できるようになってきた。

今年梅の実がならなくても、また来年があるさ。
日照りで大豆が育たなくても、また来年がんばろう。
多少の怪我《けが》や病気なら、食べずに寝て、自然治癒に任せよう。
と、お気楽にいられるようになった。巡りゆくのがわかるから。
焦らず怒らず、ゆったり待っていられるようになった気がする。

今、世界は自分の乗っている船の底に小さな穴をボコボコとあけ続け、
少しずつ沈んでいるのに気がついていない状況なんじゃないかな？　と思っている。

土を汚し、水を汚し、川や海を汚し、薬物を開発し、種の遺伝子まで操作し、
結果、自分の体まで傷めつけ、奪い合い、だまし合い、殺し合いまでしている。
これでいいの？　これが大人のすること？
無垢《むく》で生まれてくる子どもたちに顔向けできるの？

だからといって、憂いてばかりいる場合じゃない。
個々は楽しくおおらかに生ききらなくちゃ、もったいないよね。

体の一つ一つの細胞が元気なら、体全体が元気なように。
私たち一人一人が元気で楽しく、サステナブルに生活しなくちゃ、
地球全体が元気にならない。

まわって、巡るのを信じてみて。
自分たちが勝手にその巡りを断ち切っているのじゃないかな？
この地球が、持続可能になるべく永くつながっていけるように、
みんなで力を合わせて生きていきたい。

この本は、私が24年前、都内から移住して作ったブラウンズフィールド（略称：ＢＦ）を舞台に、衣・医・食・住・農・産・育・老・コミュニティなどについて、思いつくままに綴《つづ》ってあります。
私的なことばかりで、はじめましての方にはとても恐縮なのですが、少しでも、誰かのどこかに共鳴して、何かのヒントやアクションにつながることができたらうれしい限りです。
さぁ、どうぞ楽しんで読んでみてくださいね。ありがとうございます。

中島デコ

中島デコのサステナブルライフ　目次

Scene 1
いすみオーガニックコミュニティ

DECO'S
SUSTAINABLE LIFE

移住した地がどんどんオーガニック化！

どうやら最近、いすみ市は、テレビや雑誌のアンケートなどで、「移住したい地域ランキング・ベスト10」に入っているらしい。「デコさんは、いすみ市を目指して引っ越されたのですか？」と聞かれるほどだ。申し訳ないけれど、まったくそうではなく、たまたま、行き当たりばったりで、いすみ市に住み始めていた。だいたい、「どうせ東京から引っ越すなら、山々が美しく、水のきれいな、温泉の湧き出る地域がよいな」と心から思っていたので、ゴルフ場しかないんじゃないか？　と勝手に思っていた千葉県に、少しも興味がなかった。

1998年の夏の終わり。たまたま広めの古民家が空くからと、友達が連れて来てくれた場所が、家も庭も広くて、日当たりがよく、海も近くてまわりの里山がとっても美しく……。子育てするにはもってこいだな、と思い、そのとき初めて、「ここは千葉のどの辺？」と聞いたら、「茂原の少し南の夷隅《いすみ》（現在はいすみ市）です」と。

鳥肌が立った。茂原の近くには、遠くてしばらくお参りに来ていなかった、父のお墓があったから。長女の私、父親に呼ばれたな……、とその場で即決。

夷隅に知り合いはまったくいなかったけれど、次の春には家族7人と犬2匹で引っ越しをしていた。

軽井沢とか伊豆とかも、もちろん素敵だけど、ブランド好きな日本人がどんどん価値を高めていっただけだと思うな。何も知らない外国人の目線で見たら、東京から特急を使えば1時間と少し、車でも1時間半、海も山もあり、のいすみ市は、軽井沢や伊豆をはるかに超える、かも！　東京がマンハッタンなら、この辺は、ロングアイランドのような高級住宅がずらりと並ぶ場所になりえた素晴らしい地の利だしね。

しかも、産地直売のお店には、まじめな農家さんたちが作った朝採りの新鮮な野菜が並んでいて、それがまたとても安価。ホントに、暮らしやすくてありがたい〜。

子どもたちと海水浴やサーフィンに行っても、帰りに渋滞に巻き込まれて、ウトウトしながら辛《つら》い運転をしなくてよくて、まさに天国〜。

もっと早く移住していればよかったと、残念に思うほど（冬の古民家の寒さと夏の虫をあまりストレスなくかわせるようになったから、余計にそう思うのかも）。なので、私としてはいすみ市が移住したい地域に選ばれて、「やっとお気づきになられました？」感がある（笑）。

なによりうれしいのが、この地域にはオーガニック農家さんがたくさんいらっしゃるということ。ホンモノのアーティスト的農家さんの佐野さんはじめ、「ナチュラルハーモニー」に野菜を卸している棚原さん、オーガニック給食先駆者の近藤さん、そして、自然農をされている「つるかめ農園」さん、「アケミガルテン」の高橋さん。

最近のことでいうと、ブラウンズフィールドに短期スタッフで来てからここが気に入って、女手一つで野菜を作っているサミーもがんばっている。その他、個人でもオーガニックで作っている人たちが多く、いただきものも多くて、日々大変お世話になっているのだ。

そういう地域だから、この20年で、オーガニックマルシェが増えたのもわかる。毎週のようにあちこちでマルシェをやっていて、それだけで生計を立てている人たちもいる。ブラウンズフィールドの元スタッフの磯木淳寛くんが書いた『「小商い」で自由にくらす』(イカロス出版)という本には、そういう人たちの紹介含めこの地域の小商いのことが描かれていておもしろい。

オーガニックでヴィーガンの懐石料理の店「蔵精《くらしょう》」さんができたり、オーガニックショップ「いすみや」さんができたり、地元のおいしい食材を使ったフレンチレストラン「donner(ドネ)」さんやカフェ、天然酵母のパン屋さんもどんどんできて、行ける場所が増えて本当にうれしい。

おかげさまで、「ブラウンズフィールドがあるから、安心して移住できるし、移住の決め手になった」と言ってくださる人たちもいる。移住する場所を決めるとき、食に関心がある、農に関わりたいなど、地域に同じ価値観をもつ人が根づいているって大事なんだな、と思う。

何もつてがないところに移住して、はや24年。少しずつ地域自体が育ってきている感じがしている。いろいろ顧みると、父にも感謝だね。「行き当たりバッタリ」ではなく、「行き当たりバッチリ」だったのかもしれない。

オーガニック給食が地域の農業を変える

ブラウンズフィールドがあるいすみ市。なんと、学校給食のお米100％が、地元で作った有機米。これって、本当にすごいことだ!!

うちの子どもたちが学校に通っていた頃、学校給食がオーガニック化されるのをどれだけ待ち望んでいたか！　なのに、私の行動は消極的だった。マクロビオティックのお弁当を、東京の狭いキッチンで我が子の分だけ、毎日作って持たせるのが精一杯。行政に働きかけて給食の質を変えようなんて、思いもよらなかった。

フランスの映画『未来の食卓』（2009年劇場公開）を観たとき、感動した。この映画は子どもたちの未来を脅かす食物汚染や環境汚染を訴えるドキュメンタリーで、国民の健康ではなく、生産者や企業の利益を優先している現在の食産業の実態に触れている。

フランス南部のバルジャック村の村長と村民の熱い思いで、小学校の給食すべてを地元のオーガニック食材にするという前例のない試みに目を見張った。「いや〜。でも、フランスだからでしょう？　日本は遅れているからな〜。絶対、無理無理！」と、またまた、声をあげようとも動こうともしなかった。

ところが、なんと最近、いすみ市の学校給食が有機米１００％になって注目されている（２０２３年現在、一部の給食用野菜もオーガニック化が進んでいる）。

地方に講演会で行くと、「いすみ市の学校給食はオーガニックなんですよね？　どうしたら実現できるのですか？　デコさんが働きかけたんですか？」なんて聞かれる。

いや、ぜんぜん。たまたまなので、恐縮してしまうのだけど、とっても誇らしい気持ちになる。

でも、そういえば、市の職員と一緒に地元の知り合いたちが水面下で動いていたな。「自然と共生する里づくり連絡協議会」（以下、里づくり協議会）で、自然と共生する農業という視点でシンポジウムや観察会を開いていたり、その中の農業部会（正式名称：環境保全型農業連絡部会）で、慣行栽培している農家さんも自給型自然栽培をしている人も併せて、故稲葉光國氏（民間稲作研究所）を招いて勉強会を開いていたり、農業体験・環境教育・食育を一体的に学ぶプログラム「教育ファーム」をスタートさせていたり……。

何年か前に、いすみ市長の太田洋さんと役場の職員がブラウンズフィールドに見学に来たのも、その一環だったのかも？

給食オーガニック化に果たす市長さんの役割は大きい。１９５４年にできた「学校給食法」によると、給食を出すか出さないか、メニューをどうするかなどの権限は自治体に委ねられているからだ。要するに自治体の決定で自由に決められるってこと。

どうやら、いすみ市は、太田市長さんが「コウノトリやトキが舞う地域づくり」を目指したい、と「有機稲作へのチャレンジ」と「環境と経済の両立」の両軸で動き出したのが始まりらしい。太田市長さんの英断に感謝。

そして、それを受けて、具体的に企画し実行に移したのが、役場の農林課主査でサーファーの鮫田晋さん。指導者の招致から研究会の開催、資材の調達、学校給食に導入するための仕組みづくり、予算の確保、販路開拓までをほぼ一人で担っている。

鮫田さんは今や、全国の自治体から引っ張りだこ。いすみ市の学校給食米が100％有機米になった経緯を講演して回っているのだ。

もう一人忘れてはならないのが、房総野生生物研究所代表で、里づくり連絡協議会環境部会（正式名称：自然環境保全・生物多様性連絡部会）の長である、手塚幸夫さん。手塚さんは、高校卒業後、生まれ育ったいすみ市を離れ、反核、反戦、演劇・舞踏・音楽、環境保全活動……、いわゆるカウンターカルチャーのなかを生き、40歳で地域に還って来たUターン組。最近まで地域で高校の生物の教師をして野生生物や生物多様性について研究をし、学校給食有機化をサポート。大原はだか祭りの祭典長を務めたり、2020年にオーガニック専門店「いすみや」をオープンさせたり、地域に根付いた活動をしている人である。

私も、引っ越してきた当初から、後述の手造りしょうゆの関わりから個人的なことまで、妻の浩子さん共々ずっと本当にお世話になっている。手塚さんはブラウンズフィールドの夏祭りや収穫祭でPAまで快く引き受けてくださっていて、とても足を向けて寝られない。

手塚さんのような、外の世界も知っていて、かつ地元の人たちにも信頼されている人が、移住者にとっても地元の人にとっても本当に大事な存在だと確信している。

以上、このお三方の存在なくして、いすみ市の学校給食オーガニック化はなしえなかった。そう言い切っても過言ではないと思う。

オーガニック給食、まずは米を有機米にすることの何が素晴らしいかというと、子どもを中心に据えることで多種多様な人々が関わることになる、ということ。生産者、学校、栄養士、調理員、親、行政……。

いきなり「学校給食をマクロビオティックに」と言ったところで、誰も受け入れてくれないと思うけど、「子どもたちのために給食を有機米に」ということなら、誰であっても、どんな立場の人でも、どんな職種の人でも反対しない。みんな、子どもたちのためならとがんばってくれる。

子どもたちの給食をきっかけに、いすみ市では有機栽培に切り替える農家が増えたので、有機栽培いすみ米を新たな特産品としてブランド化するためのプロジェクトが里づくり協議会の中で発足。ブランド名を公募したら、約2500件もの応募があり、厳正な審査の結果、名称は「いすみっこ」に決

定した。

給食を有機米の「いすみっこ」にしてから、残飯が極端に減ったそう。子どもたちが、「学校給食のごはんがおいしいから、家のごはんも同じのにして」と親に進言して、「いすみっこ」が売れる、なんていう経済効果まで。さすが、子どもたちの感性と影響力は素晴らしい。

その後「いすみっこ」は学校を飛び出し、ＪＡＬの国内線ファーストクラスの機内食に採用されたり、イオンで販売されたり（いずれも現在は行っていない）。そして、今は生協のパルシステムが大きな取引先となっているのだそう。

そして、不思議なご縁で次女の舞宙音《まちね》のパートナー、義理の息子の真吾くんが3年の期限ではあるけれど、地域おこし協力隊員となって「いすみっこ」を育てている。そのうち、舞宙音と真吾くんの息子粋《すい》くんも「いすみっこ」を給食で食べるのかと思うと感慨深いなぁ〜。

とはいえ、いすみ市全域がオールオーガニックに舵《かじ》をきったわけではない。ぶっちゃけ、まだまだ慣行農法ばかりだし、残念なことに、無人ヘリコプターを使った農薬の空中散布さえやめていない。
だからこそ、オーガニック給食のことがどんどん注目されたらいいと思ってる。もう絶対にあとに引けなくなって、次の市長選もオーガニック給食を公約にかかげないと当選できないくらい、みんなの意識が高くなってほしい。

どうせなら、「いすみ市オーガニック宣言」をしたりして、オーガニックで米や野菜を作る人に田畑や住む場所を用意したり、援助したりしたらいい。

そうしたら、絶対、子育て世代の移住者が増えるよ。全国のお母さんたちが熱い眼差《まなざ》しを送っている今、でしょ!? って、言うだけなら簡単だよね。すみません。

全域オーガニック化に向けてコツコツ実行に移すのは大変だけど、大切だなと思う。

いすみ市の学校給食のために有機にんじんを育てている高原和江さんから聞いたのだけど、いくらたくさん作っても、にんじんの大きさが規格に合わないと引き取ってもらえないらしい。給食用のにんじんを洗う機械にフィットしないと、センターも引き取りたくても引き取れないのだとか。

なるほどね。どちらも辛い……。まだまだ問題は山積みだけど、みんなで前を向いて、農業のため、土のため、自然のため、環境のため、子どもたちの未来のために少しずつでも進化し続けていきたいもの。

だからどうぞ、これからもいすみ市に注目してくださいね。

『有機給食スタートブック』（農文協）という本が、2023年4月に出版されていて、各地の取り組みや具体的な実践方法が載っている。そのなかで手塚さんがいすみ市の取り組みのことについても詳しく書いている。

丁寧なQ&Aのページもあって、自治体の給食を変えようと思っている人には、とても参考になると思う。

質のよい食べもの作りでコミュニティができちゃった

ここのところ取材で、「最近、サステナブルやオーガニック、SDGsが注目されていますよね。中島デコさんは、オーガニックコミュニティをどうやって立ち上げたのですか？　教えてください」なんて言われることがよくある。

私の心の声は、「え〜っ!?　ブラウンズフィールドって、オーガニックコミュニティって位置付けなの？なんて答えていいか、マジ困るし」である（笑）。

「ファーストペンギン」という言葉をご存じだろうか？　群れで行動するペンギンが、南極の氷の上で押し合いへし合いしているなか、天敵がいるであろう海へ、餌を求めて最初にダイブする勇敢なペンギンのことを言うらしい。

捕食される危険性があるにもかかわらず、真っ先に海に飛び込んだペンギンは、安全な海だということを他のペンギンたちに見せることができ、そして、だれよりも確実に餌にありつけるというわけ。

ビジネスの世界では、リスクを恐れずに誰も足を踏み入れたことのない新しい分野に先陣を切ってチャレンジするベンチャー企業の創業者や、従来の価値観に縛られずに新しい価値観をもち、新たな技術開発に挑む人を「ファーストペンギン」とたとえるそう。

が、どうやら、本当のところは、ペンギンたちは押し合いへし合いしているうちにうしろから押されて、一番海に近い場所にいたペンギンがうっかり落っこちて、「おっ、あいつ平気だったぞ。俺たちも続け〜」

って感じでほかのペンギンたちも一斉に飛び込むらしい。

こっちのほうがリアル(それにしても、ペンギンが氷の上でぎゅうぎゅうなのを想像すると超かわいい!・)。っていうことで、私の場合もうっかりなほうのファーストペンギンかな。あ、でも、たくさん魚を得ているわけではないので、周回遅れで、ふと気がつくとトップに見えるってだけかも。

知らないうちに、うっかり最先端ってことになるのかな? ホント、びっくりする……。

まあ、そんなわけで、コミュニテイを立ち上げようとして立ち上げたわけではない。


発端は、子だくさんでお金がない、でも、食べものの質は落とせない、というところから。国産無農薬無化学肥料の原料で、手間ひまかけて造られた本物の質のよい調味料を使いたい。なるべく、自然栽培の野菜を子どもたちに食べさせたい。なぜって、そこが私にとって重要ポイントだから。

どうして重要かっていうと、一生、元気に遊び倒したいから(笑)。遊ぶのと仕事するのは、私にとっては同義語なんだけど、元気に遊ぶためには、健康でなくてはならないでしょ。健康のために、質のよい食べものを食べるのは、最低限必要なのことなの。

でも、買うお金はない。じゃ、どうする? 作るしかないわけ。

種からつないで手作りすると、すごくおいしいものが低コストでたくさんできる。でも、一人や一家族ではなかなか追いつかない。少しずつ、やりたいことに応じて賛同する仲間を増やしていって、今の形になったのが、世間的にはコミュニテイと捉えられているのかな?

あら。いたってシンプル。

最近、「コミュニティを作るぞ。おーっ！」ってな感じで、元気な若者が各地でがんばっている様子を聞く。どんどんやって増やして、点がつながり線になり、面になり、お互いに知恵をシェアし合えたらよいなって思う。

でも、頭でっかちになってたり、勢いだけだったりすると、分裂したり続かないこともままあるみたい。

やはり、食と生活を中心としたほうが、長続きするのかも。「うさぎとかめ」の物語のかめのように、ゆっくり一歩一歩確実に、やれる範囲で進めていくのがよいようだ。

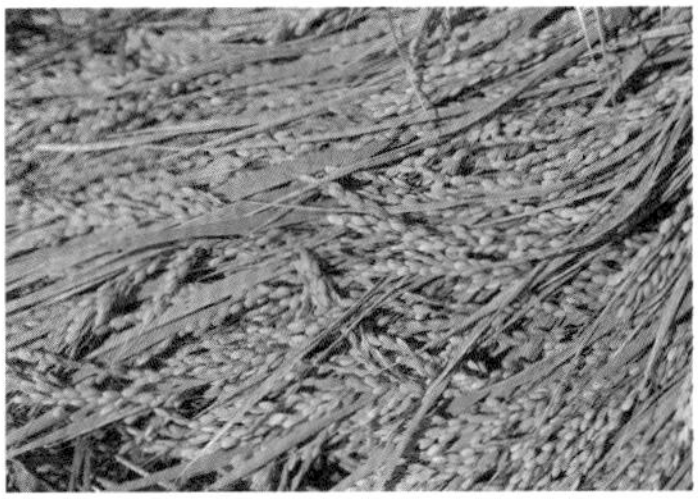

deco's story 1

出店

そういえば、私、料理本を出した最初の頃は、「アースデイ東京」とかで、一人出店していたなぁ。子どもをまわりで遊ばせながら、机一つで本積んで、マジック持って、「今なら、特別サイン付き～！」って大声出してた。懐かしい。それはそれで、楽しかったな～。

最近いすみ市界隈では、あちこちでマーケットがひっきりなしに開かれていて、お店を持たずに週末の小商いだけで生計を立てている人も、少なからずいる。

地元の仲間たちが立ち上げた「ナチュラルライフマーケット」にブラウンズフィールドの庭をお貸ししたのがきっかけで、そのうち運営にも関わるようになった。規模が大きくなり、ブラウンズフィールドでは抱えきれなくなって、「大多喜ハーブガーデン」に移動。ハーブガーデンでのちに「房総スターマーケット」という名前で開催するようになった。そこから、このマーケット文化が広がったのもひとつの流れだったと思う。

今やもう誰がどこでやっているのかも把握できないくらいで、むしろ、お客様も出店者も分散して困っているとか。

私たちも出店に行ける人数の余裕のあるときに、あちこち参加させていただいている。出店すると、お客様とだけでなく、出店者同士も仲よくなれるきっかけになって、とっても楽しい。

廃棄ゼロ！　が自慢のライステラスカフェ

「将来かわいいカフェ、やってみたい！」

「ヴィーガンカフェを開くの、夢です」って人、わりかし多いのだけど、私は一度も思ったことがない。だって、来るか来ないかわからない人のために、料理を作って待つって大変じゃない？

立地がよければ家賃は高いし、へんぴな場所だと集客が難しい。保健所対応、仕入れ、在庫管理、棚卸し、経理、税金……。いろいろ煩雑なこともついてくる。私の器量じゃ無理～！

じゃ、なんでカフェを始めたの？　ってことですよね（笑）。

1999年にいすみ市に引っ越したのは、種を蒔《ま》く生活がしたいって思ったから。でも最初はなかなかうまくいかず。その上、うっかり田んぼも始めてしまったからもう大変。家事、子育て、大工仕事、出張の料理教室、原稿書きetc.　もうキャパオーバー。

そのうち、なんだか私のエッセイ本を読んだ人やら、田舎暮らしの取材を受けて載った雑誌を見た人やら、噂を聞きつけた人やらが、ウチに見学に来るようになった。

家事していようが、畑仕事していようがおかまいなし。知らない人が、庭をうろうろして話しかけてく

る。うれしいし、私もつい手を止めて話し込む。お茶を出す。昼近くになって、「これからお昼ごはんを作るのですが、ご一緒にどうですか?」と言うと、誰も断らない（私も逆の立場なら断らない。笑）。

結局、やりたいことは進まない。そこでひらめいた。お客さんを週末に固めるのはどうかな? そうすれば、お客さん対応と作業の日を分けることができる。

農機具小屋を小ぎれいにして、「お茶1杯いくら　おむすび1個いくら」とか書いておけば、少しは収入になるかも? という、よこしまな考えから、勢いで始まってしまったカフェなわけで。

その頃ウーファー（*）でいた子たちに相談すると、「いいですね。やりましょう! 改築手伝います」「私はメニュー考えて、お料理作ります」と言う。

そこで、ご近所に住むモザイクアート職人さんを巻き込み、教えてもらいながらモザイクを一緒に貼ったり。陶芸家さんも巻き込み、イメージを伝えて食器を作ってもらったり。遊びついでに、バリ島に家具を買い付けに行ったり、保健所に申請に行ったりして、あれよあれよと2006年、カフェが立ち上がった。

名前はバリ島の棚田が美しくて好きなので、「ライステラスカフェ」。そこから、15年以上。よく続いているな。そして、いろんな人たちにお世話になったなぁ。本当にありがとうございます。

カフェで店長をやったりスイーツを作ったりした子たちのなかには、卒業してからヴィーガン料理家さんになったり、カフェを始めたり、スイーツを売ったり、自分の場所を作ったりして、活躍している人がかなりいる。

毎週末に料理やスイーツを作っていると、鍛えられるよね。みんな素晴らしい！

カフェのコンセプトとしては、肉・魚・卵・乳製品などの動物性食品や白砂糖、添加物を使わず、季節の野菜と穀物中心のマクロビオティック仕様。なのだけど、「マクロビオティックのカフェです」っていうとハードルが高くなってしまうから、食べてみて、「え!? こんなに美しくて、おいしくて、満足するのに、動物性食品を一切使ってないの？ しかも体によいのでしょ？ これなら自分も真似《まね》して作ってみよう！」って思ってもらえるようなプレートを目指している。

材料は、全部オーガニックでそろえられているわけではないけれど、できる範囲でなるべくオーガニック食材を使うようにしている。

一番味わって食べていただきたいのが、ブラウンズフィールドでとれた、手植え・手刈り・天日干しの自然栽培玄米をかまどで炊いた羽釜ごはん。

その他の野菜は、そのときそのとき、ブラウンズフィールドでとれるものを中心に、手に入らないものは、近所のオーガニック農家さんから仕入れたり、産地直売所で購入したりする。

調味料は種からつないでいる自家製自然栽培大豆と米、麦を使ったしょうゆ、みそ。ブラウンズフィールドの庭で採れた柿で作った柿酢や、やはり庭で採れた梅で作った梅干し、梅酢。ぶどうやかぼす、ヤマモモやキウイの酵素ジュース。自家製みりん。みりん粕、しょうゆ粕も駆使して料理を作る。

ウーファー（＊）……ＷＷＯＯＦの体験をする人。ＷＷＯＯＦは食事と宿泊場所を提供するホストと、労働力を提供するウーファーが、お金のやりとりをすることなく交流するシステム。

DECO'S
SUSTAINABLE LIFE

でも、なんといってもカフェの自慢は、「廃棄ゼロ」。もう1回言っちゃうよ。「廃棄ゼロ！」。これって食品業界では、ほぼないこと。

現在日本では、食べられるのに廃棄される食料が1年間で約500万トン！（2021年度推計）。自給率40％割ってるのに、この廃棄の量、ありえない！

まぁ、ウチは小規模だからということもあるけど。とにかく、捨てない。お客さんが、たくさんいらしてくださり、売り切れたら、それはそれで万々歳。みんなで喜ぶ。あまりいらっしゃらなくて、余ってしまうと、「カフェごはんの残りが食べられる〜！」と、これまたみんなで喜ぶ（笑）。

ボウルに残ったドレッシング。鍋に残った煮汁。揚げ油。天かす。溶き粉、パン粉などなど、全部まかないで工夫、リメイクしてみんなでいただく。

食べられない野菜クズはヤギに。玉ねぎの皮とかヤギも食べられないものは、コンポストに。これはいずれは土となり、循環していく。

もちろん、完璧にできるわけではないけど、なるべく無駄なく使いきるようがんばっている。どの店舗でも、廃棄を少なく、もしくは、いろんな形で循環させられたらいいのにね。都会のようにコンポストとかできない地域でも、行政が集めて堆肥を作って住民に配るくらいなら、税金で十分できると思うのだけど……。

でも、そもそも、廃棄する食材が添加物だらけだったら、しょうもない。よい土にもならない。

ある養豚業者が倹約して、廃棄処分のコンビニ弁当を豚に毎日3kg食べさせたら、羊水がドロドロに濁り、死産や奇形が増えたと聞く。

それ、食べ続けている人間どうよ？　人口削減してるよね。もう。エビデンスは？　都市伝説じゃね？

とか言ってる場合じゃない。もっと、多方面でよく調べて、よく見て、感じて、自分の感覚を信じてね。

そうやって自分を、そして家族を守ってね。

もちろん、とらわれすぎてガチガチになるのも違うと思う。楽しくないからね。サラリとスマートに、上手にこだわっていけたらいいね。

ということで、最寄りの長者町駅から徒歩50分。と、なかなかたどり着くのにハードルが高いカフェではありますが、ぜひいらしてくださいね〜。

クラファンで古民家買って、サグラダコミンカに

「ちょっとぉー、あんたんとこの犬、もう絶対放さないでくんないかね？　ウチの敷地に入って来るのよ。わたしゃ、犬が大っ嫌いなんだからね！」

クロベエという犬を飼っていた頃、お隣のおばあちゃん（おミネちゃん）が頻繁に怒鳴り込んで来ていた。

「あぁ、すみません。また子どもたちが綱を離しちゃったみたいで……」

田舎暮らしで、隣近所との関係を良好に保つことは最優先事項である。

「あちゃ、またやっちゃった」と失敗することもあるけど、とにかく笑顔でご挨拶。遠くで見かけても、聞

こえなくても、大きな声でご挨拶。子どもたちにもウーファーの子たちにも、徹底した。そこ大事だし、そのくらいしかできることがない。ただでさえ、「あそこの集団、家族じゃない人も出入りしていて怪しい」と思われているわけで……。

ところが、いつの頃か、「俺、昨日おミネちゃんちでサッカー見させてもらいました（ブラウンズフィールドにTV置いてないので）。ついでにお風呂もいただいて」「僕たち、おミネちゃんにお寿司ごちそうになりました」と、農を手伝ってくれていた男の子たち。

「えっ!?　なんだか仲よし？」

みんなでご挨拶したり、お手伝いしたりしているうちに、かなり打ち解けたらしい。若い男の子たち、ありがとう。と、ホッと胸をなでおろした。

さらに、ウチが雑誌やテレビの取材を受けるようになると、ずいぶんと人あたりがよくなって、「デコさん、デコさん」って呼んでくれるようになった。マスコミって、好きじゃないけれど、お年寄りには、水戸黄門の「この紋所が～」的な役割を果たすみたい。ありがたい。

そのうち、おミネちゃんは運転免許を返納し、娘さんや息子さんが月に数回買い出しやお世話をしに来るようになり……。だんだんそれも大変になってきたある日、「デコさん、デコさんだけに話すんだけど、家を買ってくれないかしら？　東京の息子の家に行くことになってね」とおミネちゃん。

（えっ？　それ、でっかい話ですね。おミネちゃんち、２０００坪あって、１坪１万円でも、２千万ですよね？）

「あ、考えてみますね」と言ったものの、ない袖は振れないし。決めかねて3か月たった頃、

「不動産屋が来てね。現金で買って行っちゃったわよ」とおミネちゃん。

（ヒョエ〜。さすがプロ！）

「どちらの不動産屋さんですか？」と聞くやいなや、慌てて不動産屋の名刺を持って走る。

「あの〜。峰島さん宅の隣のものですが、そこをどうなさるかお聞きしたくって」

「ああ、あれね。まぁ、木が多いから切り倒して、家も古いから撤去して、山林を宅地に地目変更したら、何軒か家を建てて売れるかな、と思ってね」

（でた〜っ！　ウソでしょ〜！　あの築２５０年の茅葺《かやぶき》屋根の重厚な家を倒し、何十キロも梅の実が採れる梅の木も、カボスや柚子《ゆず》の木々も、お茶の木も全部切り倒して、新建材のしょうもない家を何軒も建てるんか〜い！）

よく考えて！　築２５０年の家の建材の木は、それ以前１００年以上も前、江戸時代に芽を出した木なのよ。そこにあるだけで歴史なの。まだまだ立派に建ってるのに、簡単に撤去とか言わないでほしいよ！

こういうふうに、自分の価値観的に絶対に理不尽！　と思ったとき、私はどうやら、やおら何かのスイッチが入るらしい。すっくと立ち上がり、「私、買います！　いくらですか？　いつまでに、いくら持ってくれば買えますか？」と、口走った（貯金ないけど……）。

「じゃ、2月の終わりまでに500万円、頭金で持ってきてね。残金1千万円は、1年以内でよろしく」

（えっ⁉　おミネちゃんが売った金額の1・5倍になってる！　世の中厳しい〜。貯金がなくて、判断が遅いってこういうことになるんだ）

それが2013年11月。あと3か月で500万！　さぁどうする⁉　あちこちで相談して、若い人たちに知恵を借りた結果、その当時はまだあまり知られていなかったクラウドファンディングに着手。

当時、100万円も集まれば大成功と言われていたクラファン。集まらなければチャラとなり、出資した人に戻っていってしまう。500万のクラファンは、私にとってはもう博打《ばくち》……。

まず、「古民家を守りたい！」と、SNSも使ってみんなに呼びかける。それから、ブラウンズフィールドで売れるものをいろいろ考える。ライステラスカフェのお茶とスイーツ券。宿泊券。柿の木、梅の木のオーナー権利 etc.　友人も自社のオリーブオイルを提供してくれたり、お話し会を企画してくれたり、友人のレストランお食事券を提供してくれたり……。本当にありがたい。

そして12月末、クラファンのスタートボタンを押す。少しずつ支援は伸びていき、なんと締切りまでに750万円達成！　感激！　いろんな形で協力してくれたみなさん、本当にありがとうございます。

2月末、500万円のリアル札束を持って（初めて手にしたけれど、思ったほど厚くない……）、不動産屋に行って契約（思い出しただけでも疲れたよ）。

残金は銀行で借金。

その後、改築。

コミンカは土間と15畳と12畳がつながった大広間に、6畳の小部屋があって、茅葺の上に銅板が被《かぶ》せられていて、平屋だけどかなり天井が高い。

土間の天井を抜いたら、梁《はり》が太くしっかりしていて、茅葺が内側から見えて壮観だった。大工さんが梁を掃除し、アルミだったドアを木製の古材のドアに替えてくれた。

土壁は、四国に住むドレッドヘアーのけんちゃんに頼んだ。古い土壁を全部落とし、古い竹こまいも撤去、一度全部スケルトンにした。新たに竹を切り出し、割って、竹を組んで縄で編む。

落とした土壁に砂とブラウンズフィールドの藁《わら》を混ぜて練り直し、数か月寝かせてから、両面に丁寧に土を塗り、土壁を作っていく。乾くのを待って3回塗り重ね、さらに待って隙間を埋めていく。気の遠くなるような作業だった。

お風呂場は三重県の友人四方《よも》さん夫婦に頼んだ。素敵な明るいお風呂場を作ってくれて、内風呂は空き缶を集めて積み上げ、断熱材に。外には酒樽を置いて、薪で焚く露天風呂を作ってくれた。

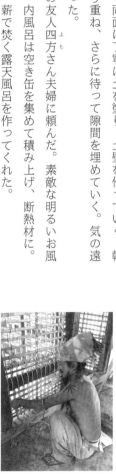

かねちゃんは、キッチンをモダンに使いやすくしつらえてくれた。その他建具も用意してくれた。

畑に通じる土間には、あっきーさんが、水場と棚と、重厚なおくどさん（かまど）を作ってくれた。

土間から上がる段差。「こーんなカーブの階段にしたいの」と、土間に線を書いたら、農スタッフだったてっちゃんが、アースバッグ（＊）で階段を作ってくれた。

とにかく、いろんな人のお力を借りたが、いかんせん広い。なんともなかなか改築が進まない。そこで、もう、ずっと永遠に少しずつ直していけばいいよ、となり、名前をスペインの未完の聖堂「サグラダ・ファミリア」になぞらえて、「サグラダコミンカ」にしたというわけ。

おかげさまで現在は、ワークショップスペースや、一棟貸し施設として活躍しているので、どうぞご利用くださいね。


アースバッグ（＊）……土に砂や消石灰を混ぜて袋に詰め、積み上げていく工法。

敷地内にまさかの薪窯自然酵母パン屋さん

ブラウンズフィールドの敷地内に、超絶おいしい薪窯のみで焼く自然酵母の小さなパン屋さんがある。土日のみの営業なので、忙しい週末の隙間時間に、いそいそとパンを買いに行くのが、私の小さくて豊かなお楽しみ時間。

薪の香りに包まれた店内で、しばし雑務を離れておしゃべりし、店主が淹《い》れてくれるおいしいオーツミルクコーヒーを飲みながら、その場で焼きたておやつパンを頬張る。めっちゃ幸せだ〜。

最寄り駅から徒歩50分の我が家。歩いて買い物に行ける店があるだけで、ありがたすぎるわけで……。

２０２０年、コロナパンデミックが始まったばかりの春。ライステラスカフェに来店してくれた門倉ファミリーは、若いご夫婦と2歳くらいのかわいい男の子。

カフェも私も、緊急事態宣言が発令された頃でとても暇だったこともあり、「どちらからいらしたんですか?」と、たまたま声をかけたのが始まり。

聞けば、妻の恭子さんは、沖縄の有名な薪窯パンの店「宗像堂《むなかたどう》」で修業され、夫の清志さんは、かの「ブルーボトルコーヒー」に長くお勤めだったとか。

気持ちのよい自然の風景の中で、薪窯でパンを焼きたい。土に近いところ

で暮らし、コミュニティの中で子育てをしたい。そんな思いがつのり、二人は仕事を辞めて、「おいしいものを生み出すお店を立ち上げよう」と、沖縄、長崎、淡路島、徳島、長野など、全国を旅して回っている途中だそう。いすみ市も、移住地の候補の一つとか。

え〜!? それは聞き捨てならない〜。

実は、すぐご近所に「タルマーリー」さんという素敵なパン屋さんが以前あったのだけど、福島第一原発の事故をきっかけに西に移住してしまい、おいしいパン屋さんロスの日々だったのだ（現在「タルマーリー」さんは、鳥取県の智頭町でパン屋だけでなく、『田舎のパン屋が見つけた「腐る経済」』という本も著し、クラフトビールも作っていて、相当有名になっている。ちなみに私は、タルマーリーという店名を決めるとき、相談にのった関係なので、なんだか鼻が高いぞ）。

門倉ファミリーは、田舎暮らしにも興味があるとのことだったので、「よろしければ『BF丸ごと体験』にいらっしゃいませんか?」とお誘いした。どうせコロナだし、街で過ごすより田舎のほうがよいということで、そのまま、ブラウンズフィールドから徒歩10分の所にある今の女子寮に、しばらく滞在。その後、いすみ市が気に入って、海のほうのアパートメントに移住。

どこかの古民家で開業しようと探していたのだけど、なかなかよい物件が見つからず……。

ブラウンズフィールドの駐車場の向こうに、長女の子嶺麻《しねま》ファミリーが住むために以前買った小さな家がある。その一角で「Asana」という自然食品店をやっていた時期があるのだけど、そこはすでに閉店。空いていたので、「改築が必要ですけど、よければここを使いませんか？」と言ってみたら、なんと快諾してくれた。

2020年7月から工事を始めて、窯職人の長尾晃久さんと共に薪窯を作り、ついに2021年9月、「ACOUSTIC Bread and Coffee」（通称アコスティック）開店〜！

近くに家も買って、家族の生活も大事にして、大変になりすぎない規模でやっていて偉い（いや、薪割り相当大変だと思うけど、パンを焼く熱源は無料なわけで素晴らしい！）。

本当に素敵なファミリーなので、ぜひ会いに来ていただきたい。息子の左和くんはうちの孫の凜ちゃんと同い年。2歳の頃から幼馴染《なじ》みな感じで、ブラウンズフィールドの中を二人で駆け回って遊ぶ姿がかわいい。

このパン屋さん、最近では、人気すぎて開店と同時に売り切れてしまうことも。インスタでの事前予約をおすすめしている。駐車場に車を停めて、アコスティックでパンだけ買って帰ってしまう人も多いのだけど、ぜひ、奥の「ライステラスカフェ」にも遊びに来てくださいね（急に経営者目線〜笑）。

というわけで、コロナで大変な思いをされた人も少なからずいらっしゃるなか、言いきるのが申し訳ないのだけど、私的には「コロナさまさま」だ。

コロナのおかげさまで、働き方を考え直し、生活を見直し、食や体のことを改めて大事にし、手作り生活や自給自足を目指したり、土に触れる機会を増やそうと思う人が増え、こうして移住してくる人も増えたのを実感しているからだ。

門倉ファミリーがここでアコスティックを始めてくれたのは、コロナを含めていろいろ、たまたまが重なったおかげ。こういうことをきっと「天の采配」と言うんだろうなぁ、と感謝。

あ〜、そして、できれば、自家製蕎麦粉で作るおいしい蕎麦屋さんと、国産無農薬大豆で作るおいしい豆腐屋さんが、歩いて行ける距離にできるとうれしいな〜。と、一応天に投げてみましょ（笑）。

Scene 2

人も地球も健康になるサステナブル衣食住

DECO'S
SUSTAINABLE LIFE

幸せになるためのマクロビオティック

私がマクロビオティックと出会ったのは16歳の時。バイト先の先輩から、桜沢如一の『永遠の少年』という本をいただいたのがきっかけ。そのときはあまり理解できなかったけれど、「人間は、何を食べたかによって決まる。つまり私たちは、環境のお化けなんだ」ということだけは深く納得した。

だけど、マクロビオティックを絶賛追求中だったその先輩から、「デコね、玄米を食べると運命が変わるんだよ」と言われたとき、やんちゃな女子高生だった私は、「うわっ、宗教っぽい。マジ引くわ～」と思ったものだった。

そう言いながらも、「少しでもやせてきれいになりたい。玄米食べるのは悪くないかも？」と思い、母に圧力鍋で玄米を炊いてもらって、お弁当に玄米ごはんを持っていっていた。

と同時に、そこからお酒もタバコも覚えて、甘いものも食べたい放題。食べすぎては罪悪感にかられて吐き戻す、というどうしようもない20代前半を過ごしていった。

（あ～、人生無駄なことは一つもないと思いたいけど、両親、自分の体、食べもの、ご迷惑をかけた方々には申し訳なかった。すみません）

1981年、2歳年下の演劇青年だった人と一度目の結婚をすることになる。結婚したら、子どもは絶対に産みたいと思っていた。自分の体は、自分が食べたものでできているとしたら、もちろん子どもは、母親が食べたものですべて形成されていく。

赤ちゃんは、卵子の状態から十月十日（とつきとおか）で36億年の生物の進化の歴史をたどるという。1日当たり約1285万年だ。1食でも1口でも、赤ちゃんの進化にかなりの影響があるに違いない。

まずい。このまんまの食生活では、ちゃんと健康な子どもを産めるはずがない。だいたい、病弱な子どもを育てることになったら、病院通いとか相当めんどくさいじゃん。「よし、『悔い改めよう』、いや『食い改めよう』」と真剣に思い立った。

というわけで、プロポーズに返した言葉は、「家では、お肉やお魚や卵を使わないマクロビオティックごはんしか作らないつもりだけど、よいかな？」だった。

そこから、「リマクッキングスクール」（＊1）に通ってマクロビオティック料理を習い始める（当時はマクロビオティックという言葉さえ使われていなくて、玄米正食と言われていたかも）。

実家で、まったくといっていいほど、お手伝いをしてこなかった親不孝女子だったので、料理歴は結婚してから。でも、むしろ、野菜の皮をむくとか、ごぼうのささがきは酢水にさらすとか、魚を三枚におろすとかの一般的な知識がまったくないままマクロビオティックの料理を習ったので、じゃまするものがなく、一般的じゃないマクロビオティックの調理方法がすんなり入ってきて、やればやるほど楽しかった。

今思うと、その頃、驚くほどこだわっていたな〜。

・動物性のものは一切口にしない（ジャコ一匹とらない）。
・白砂糖の入っているものも一切食べない。

・旬のもの以外は食べない。
・遠くから輸入してきたものは食べない。
・野菜であっても陰性（＊2）といわれるトマトやじゃが芋は食べない、などなど……。

妊娠中、親戚から電話があって、『お魚ぐらい食べないと、骨のない子が生まれてくるわよ〜！』と、脅されたものだが、むしろ、「厳格なマクロビオティックで、ちゃんと健全な子どもを産む」というのを自分を使って人体実験をしたいと思っていた。

そして、一人目の子を自然出産した。ちゃんと骨はあった。それどころか、とても安産で、玉のような美しい赤ちゃんだった。それが、子嶺麻《しねま》。今では5人のお母ちゃんだ。

厳格なマクロビオティックをやっていた頃は、一口でもマクロビオティックに反するものを食べたら、どこまでも、元に戻ってしまいそうで怖かった。たとえば、普通の生クリームに砂糖たっぷりのショートケーキを一口でも食べたら、止まらなくなってワンホール食いして、昔のように吐き戻すのではないかと、心配だったのだと思う。

要するに、マクロビオティックの戒律を守ることが目的になってしまっていたように思う。でも、そうじゃない。マクロビオティックは心身共に健康になって、幸せになるための一つの手段である。戒律どおりに食べることだけが目的になってしまって、手段と目的を履き違えるのはおかしな話だ。

そして、幸せになるための手段はマクロビオティックだけじゃない。では、今はもうマクロビオティックをやめたのか？　というとそれも違う。一度、陰陽の見方、考え方、バランスのとり方、つまり「魔法のメガネ」を手に入れたら、あとは自由自在に、自分なりに使えばよいわけで、やめるやめないの話ではない。

そういう意味で、私は今とっても自由だ。なんでも、食べる。食べられる。でも、自分の許容量を知っている（たくさんの失敗からね）。バランスをひどく崩さない食べ方を知っている。そして、もしバランスを崩しても、立て直し方を知っている。台所にあるものや、その辺りの野草で自分を癒し、治せる知識と技術がある。

陰陽のバランスをとれれば、何があってもぶれない判断力を身につけられる。何が起こっても、いつもただそこに、機嫌よく笑って過ごせる精神を養える。

私にとって、人生の目的は幸せになること。マクロビオティックをやっていて幸せじゃなかったら意味がない。今、この歳になって私が幸せって感じることは、米や豆や野菜を育て、種をつなぎ、調味料を造り、季節のものを

料理し、加工し、家族やみんなでシェアして感謝していただくこと。

子どもたちや孫たちの成長を見守り、一緒に遊び、血縁があるなしにかかわらず、若い人たちから学ばせていただき、私の経験をシェアしていくのも私の幸せ。身の回りのものを手作りしていくのも、その過程を楽しむのも幸せ。うん。全部できてる。とっても幸せだね。

みんなそれぞれの自分の幸せを追求して元気になり、社会全体がもっとよくなってほしい。そのためには、今の時代、いかに食事がひどいことになっているかを知ることが大事。もう、マクロビオティックうんぬんはいいから、とりあえず、添加物を食べないようにするのが大事。毎日摂る調味料を変える。できるだけオーガニックのものを選ぶ。国産のものを選ぶ。季節のものをいただく。それだけでも、ずいぶんと違う。

多くの人たちが、そんな選択をしたら、国内のまじめに作っている生産者が生きていける。増える。みんなも、土も、健康になる。

必ずしも穀物菜食にならなくていい。でもね、脅かすようで申し訳ないけど、海が汚染され、気候変動がひどくなれば、魚が獲れなくなる。戦争などの影響で輸入の物資が高くなると、飼料がままならなくなって肉の値段が高くなる。どちらにしても、ホルモン剤たっぷりの肉や卵をたくさん食べるの

はいかがなものか？

化学肥料の価格も高くなると、野菜の供給もままならなくなるかもしれない。少なくなる食料を奪い合うより、土を養って自然栽培野菜を自給してわかち合うほうがどれだけ平和か！　そして、野菜だけでも十分満足いく料理を作ることができる技を身につけるのが、どれだけ大事か！

私も動物性食品を適宜いただくし、動物性のものを食べることを責めるつもりは、本当にまったくないのだけど、結局は、穀物、豆、海藻、季節の野菜を中心にして、無添加でちゃんと調理してよく噛《か》んでいただくマクロビオティックって最高〜!!　と思うわけ。

そういう食事をしていたら、薬にも頼らない健康な体と精神が養える。真に健康な体と精神が保てたら、いつもご機嫌でいられる。たくさんの素敵な人とつながることができる。結果、「運命もよくなるんだよ!」。

あらら、50年前にドン引きしてた言葉、私も言うようになってる〜（笑）。

リマクッキングスクール（＊1）……マクロビオティックの創始者である桜沢如一の妻、桜沢里真が創設した料理教室。

陰性（＊2）……マクロビオティックは陰陽論を基礎としていて、陰はゆるむ・ふくらむ・上昇する・冷やすエネルギーで、陽は締める・縮める・下降する・温めるエネルギー。

発酵っておもしろい！　微生物って素晴らしい！

ブラウンズフィールドの母屋の冷蔵庫の中に、みんなで飼っている酵母菌がいる。お名前は、「150年酵母くん」。休みの日などに、みんなそれぞれパンを焼いたりして楽しみ、酵母くんを使った人が小麦粉と水の餌を適宜あげて、飼い続けている。

この酵母くんが本当に優秀で、粉と水と塩を混ぜて、こねて待って焼くだけで、もちもち、ふわふわのおいしいパンに仕上がる。むしろ、がんばってこねなくても、混ぜてしばらく置いてオリーブオイルをかけて焼くだけで、絶品のフォカッチャができあがるから不思議。

2015年、おいしいオーガニックのオリーブオイル、「オルチョサンニータ」を輸入販売している朝倉玲子さんのイタリアツアーに同行した。イタリア中部マルケ州の田舎、カーリの小さな村のクリスチャン家族の広大なチクピー畑を見学に行ったときに、村人が共同で使う薪の石窯で、みんなでピザを焼いた。雑穀や豆やカラフルな野菜がいっぱいのイタリアンピザランチは、とってもおいしく楽しかった。

話を聞くと、どうやらイタリアでは、陶器のこね鉢でパン生地をこね、こびりついた生地（要するに乾燥した酵母菌）をそのまま洗わず乾燥させ、次に作るとき、そこに水と粉を入れてこねるだけらしい。さすがイタリア。空気が乾燥しているから可能なのか!?　日本なら確実にカビる。

そして、なんとクリスチャンのおばあちゃんがポルトガルからイタリアに移民したとき、こね鉢を持ってパンを焼き焼き、馬車で移動してきたという。なんて素敵!! 150年以上前から延々とつながり、生き続ける酵母菌! ロマンだわ。

帰りがけ、生のピザ生地の端切れを小さなキャンバス生地に包んで麻紐《あさひも》で縛ってお土産にしてくれた。日本に帰る頃にはカチカチになっていて、そのまま部屋の本棚に置いて忘れていた。

次の春、「そうだ、あの子を起こしてみよう」と思い立ち、ぬるま湯に浸けて置いておいたら、ぷくぷくと発酵しだした! それが、今も飼い続けている「150年酵母くん」。

発酵って本当におもしろい。微生物って素晴らしい。私たちの身近にある、みそもしょうゆも、お酒も納豆も、たくあんも糠漬けも梅干しも、柿酢もヨーグルトも酵素ジュースもテンペも、みんな微生物(菌)のおかげでおいしくなる。

彼らは働きものな上に、生命力にあふれている。微生物の母は子を産み、次の瞬間には母になる。一日に一億倍や十億倍と増え続けてブレーキをかけない。餌がなくなれば、死に絶える。菌って、今を生きてるなって感じる。

そして、菌には善玉菌と悪玉菌があるってよく聞くけど、その他にも日和見菌がいて、善玉菌2、日和見菌7、悪玉菌1の生態系がベストだとか。善玉菌が元気だと日和見菌は善玉菌の味方になり、悪玉菌が優位になると日和見菌は悪玉菌寄りになって、共に悪さをする(これ、日本人の生態系に似てると思わない?ほとんどの人が日和見で、なんだか意見の強いほうに流されていく感じが)。

だから、善玉菌は悪玉菌より元気でいなくちゃいけないの。でも、悪玉菌を根絶させてもダメで、善玉菌だけにすると、その中から悪玉菌が出てくるらしい。

7割が腸内で作られているという免疫細胞が、腸内にある悪玉菌と闘うことで強くなり、全身をパトロールし、病原体を攻撃。異物を体外に排出して健康を守ってくれるというサイクルが、免疫力アップのメカニズムとか。ふ〜む、なるほど〜。必要悪ってやつか。

とにかく、バランスが大事。菌は大切なんだから、やたらと除菌殺菌滅菌している場合じゃないのよ。抗菌を好菌に！　だよ。

腸内だけでなく、菌は私たちのあらゆるところ、もう全体を覆っているわけ。だから、私たちが「菌を」飼っているのではなく、「菌が」私たちをコントロールしているんじゃないかな？

「今日はこんなものを食べたい」っていうとき、自分だけじゃなくてお腹《なか》の中の菌からの要請って感じることない？　何兆っていう常在菌が、自分に足りない菌を引き寄せようとする。

もしかしたら人が惹《ひ》かれあうのも、自分の意思というよりは、常在菌同士が惹かれあっているからなのかもしれないよ。気（き）が合うは、菌（きん）が合うっていうことかも。苦手な人がいたとしても、「この人とは菌が合わないから、しょうがない」って思ったら、ちょっと笑えておもしろい。

もっと言うと、握手するのも、キスするのも、ハグするのも、セックスするのも、菌の交換でしょうね。だから、きちんと食べて暮らして、自分の常在菌を、バランスよく育ててうまくつきあっていくことは、本当に大事！　発酵食品をたくさん食べて、自分の常在菌と仲よくしながら「菌活」をしていくと、菌が呼び合って、よい菌を呼び寄せられるようになる。

きっと、そうだよ。科学的エビデンスとか理論なんて、どうでもいい。私は自分の感覚を信じるよ。ずっと先になって解明することもあるしね。

気（菌）の向くままに、楽しく過ごしちゃおう〜っと。ああ、菌のことに思いを馳《は》せると深すぎてつきないわ〜。

では、どうしたら菌活、菌トレできるかというと、ストレスをためない、食物繊維を摂ることが大事。そして、毎日1杯でいいから、おみそ汁を飲めばよいの。ちゃんと発酵させてある、化学うま味調味料の入っていないおいしいみそで作ったもの。

できれば、オーガニックの材料で自分の常在菌を入れて、自分で造って発酵させたみそが最高だけど、無理だったら、自然食品店で買ってください。高いけど、高級サプリや薬だと思えば超絶安く、副作用もなく、安全。

さらにできれば、昆布でおだしとって、季節の野菜を入れてほしいけど。無理だったら、いいから。おいしいみそをお湯で溶くだけで。

みそにごまや青のり、乾燥わかめやねぎ、しょうがなんかをお好みで練り込んで、みそボールにして、密閉容器に入れて会社の冷蔵庫に忍ばせておき、それをマグカップに入れてお湯で溶いたら、おいしいみそ汁のできあがり。

続けてみてね。お腹が温まり、冷えがとれ、生理痛も軽減し、肌もツルピカになること請け合い！


さて、ブラウンズフィールドの元気な「150年酵母くん」。スクールやクラスのたびにみなさんにお分けして、それぞれの人がまたまわりの人に差しあげたりして、どんどん広まっている。8年経って、酵母菌たち、すっかり日本にも定着している様子だ。

ブラウンズフィールドにシンガポールから来て、農のスタッフとして4か月ほどいたダダ。シンガポールでは、ヴィーガンカフェをやっているそう。36歳とは思えないほどかわいらしくてがんばり屋さんで、言葉の壁をまったく感じさせない素敵な女性だった。彼女がほしいと言うので、「150年酵母くん」を持っていってもらった。

ダダが帰るときはみんなで別れを惜しんだけど、「いい菌旅立ちの日」でもあった。イタリアから日本、そしてシンガポールへ。みんなの楽しい思い出と一緒に、菌たちは今日もぷくぷくと発酵し、増え続けて行くんだね。

Like fermentation, your warm heart spreads across the world.

あるものを生かす「もったいないカフェ」

今年もゴールデンウィークの最後は、「もったいないカフェ」で締めくくった。「もったいないカフェ」は、最初、長女の子嶺麻《しねま》が高知で始めた小さなイベント。廃棄されてしまうはずだった食材を参加者さんたちに持ってきてもらって、おいしい料理をどんどん作ってビュッフェスタイルで提供する会だ。

何が集まるかわからないから、メニューは前もって決められない。食材を見てからメニューを決める。という、技と工夫と「『もったいない』をなくしたい！　と思う根性」がないとできない一期一会なカフェ。

いかにも子嶺麻らしい！

これはよい企画！　と、まずは、「あるもんできっちん」と名付けて、持ち寄った家にある食材をみんなで工夫してランチを作るという、もったいない料理クラスを月1回でブラウンズフィールドでも始めてみた。

その後、2020年頃から、子嶺麻に高知から出向いてもらって、年に2回ほど、もっと広い範囲で廃棄されるかもしれなかった食材を集め、ライステラスカフェを使って「もったいないカフェ」をやるようになった。

今回も、あちこちにお声がけさせていただき、いろんな食材が集まった。

◇オーガニック農家さんの間引き菜や、形が悪くて出荷できない野菜。
◇産直で出る廃棄野菜（農家さんに返品されちゃうやつ）。
◇キャベツや白菜の外葉。
◇賞味期限1か月を切ってしまった商品。
◇こだわりの豆腐屋さんの廃棄豆腐やおから。
◇天然酵母国産小麦のパン屋さんで出るパンの耳。
◇切り干し大根や山菜、雑穀など、棚や引き出しにしまい込んでいる、使い切れなかったり使い方がわからなかったりして眠っていたもの。
◇庭で採れすぎて食べきれない柑橘《かんきつ》などの果物、などなど……。

本当にありがたし！

それらを、手造りのしょうゆやみそ、柿酢など、ブラウンズフィールドで作った調味料や、塩や油など、普段使っている、なるべく無添加で質のよい調味料で調理。誰でも食事を楽しめる食のバリアフリーを目指して、肉や魚をはじめとする、動物性の食品（乳製品や卵、またはこれらを含む加工品）、白砂糖・人工添加物・化学調味料が含まれたものも、極力使わないようにしている。

おかわり自由。お持ち帰り自由。好きな料理を好きなだけ盛り付けて、マイ食器や保存容器を持ち寄っていただき、お代はお心付け。「楽しかった、おいしかった」と思う分だけ支払う、ドネーション制。

調理するのは「もったいないカフェ」を経験したい、というボランティアの人たちとブラウンズフィール

ドスタッフと子嶺麻。

で、今回できた料理はこちら。
なんと、2日間で116品を作り上げた！　そして、たくさんの人にめしあがっていただいた。

・黒キャベツの酒粕グリル
・ひよこ豆とかぼすのフモス
・レタスとテンペの甘酢あんかけ
・かぼすココアケーキ
・ねぎとレタスのそばサラダ
・おからハンバーグ
・蓮の実とクチナシの薬膳ごはん
・きな粉とおからのすいとん
・大根葉のサグカレー
・そうめんチャンプルー
・ターメリックコーンパン
・バジルのグリッシーニ
・テンペとレタスの梅ラー油巻き
・大根とそばの実のひじき焼きそば
・おからジェノベのレタスロール
・紅茶とスパイスのおからケークサレ
・白いんげん豆のお汁粉
・菜の花と甘夏のハニーマスタードサラダ
・甘夏ゼリー
・ブルーベリードーナッツ
・ブロッコリーの芯のごまあえ
・黒キャベツのチヂミ
・大根もち
・テンペのピタサンド
・切り干し大根のハリハリサラダ

……etc.

ブラウンズフィールドの田植えイベントの日でもあったので、庭の前の田植えをしたあと、お腹を空かせた人たちもやってきて、盛り上がったよ〜。

子どもたちを片手間に見ながら、2日間下準備して、2日間朝早くから夜中まで調理していた子嶺麻。もったいないカフェはその性質上、そのとき、畑で余るほど採れているものや、特定のものが大量になりがちなのだけど、今回はレタス。5〜6箱のレタスの山と格闘し、やたらいろんなものに混ぜ込んだり、いろんなものを巻いて出していた。

さぞかしハードだったろうと思い、終わってから感想を聞いたら、「めっちゃ、楽しかった〜！　箱や瓶や袋がどんどん空いていって、確実にこのまま廃棄になるかもしれなかった食材たちを使い切っていくのは、本当に楽しすぎる！　それをみんながおいしいって言って食べてくれる！　最高〜！」、とのこと。

最近は「もったいないカフェ」を楽しみにして、毎回来てくださるお客様も増えていて、「子嶺麻さんの影響で、家にはカフェに提供できるようなものがなくなりました（つまり、廃棄する食材がない）」と言ってくれる人も。

これこそ、私たちが「もったいないカフェ」を開く目的。食料の3分の1を廃棄していると言われる飽食大国・日本。こんな小さな活動では、日本の自給率も世界の食品廃棄量も変わらないと思うけれど、いつか世の中からもったいない食材がなくなり、「もったいないカフェ」を開催できないくらい、みんなの意識が広がったらなぁって妄想している。

あおるわけではないけど、いつまでも飽食・廃棄していないで、食料危機について考えたほうがいい。食料自給率は40％を切った。何かあったら、60％の人は飢え死にする、かもしれない。

いや、米や野菜を作るのに、ほとんどの農家が輸入した化学肥料に頼っているわけだから、それが途絶えたら……。つまり、本当はもっともっと自給率は低いってこと。

私は牛乳を飲むのを推進してはいないけど、政府は国産の牛の乳を廃棄させて、年間380万トンも牛乳を輸入している。マジありえない。

あっという間にスーパーから食料が消える可能性があるんだよ。そうでなくても、すでに食の品質はどん

deco's story 2

夏祭り

2023年のブラウンズフィールドの夏祭り。出店者さん21店舗。出演者さん6グループ。出店や出演してくださる人たちの充実度が素晴らしく、最近では楽しみにしてくださる人もたくさんいてうれしい。

ドレスコードは、浴衣か甚平。みんなで輪になって、盆踊りを楽しむ。

いらしていただける人たちに楽しんでもらうことはもちろんだけど、モットーは、おもてなししすぎず、とにかくブラウンズフィールドのスタッフがなるべく楽で、楽しめること。1か月前になると、チラシを作って配って回ったり、駐車場を借りたり整えたり、スタッフ内で盆踊りの練習会を開いたりして準備も楽しむ。

毎回トリで出演してくれるのは、環境問題をラップにして歌ってくれる「OMG」。「オーマイ玄米」「Kombu」「ume☆boshi」など、ご近所ファンの子どもたち、ウチの孫たちも大好きで、みんながステージの前に駆け寄って踊り出すのがかわいい。

「OMG」のミオちゃんは、サスティナブルスクール（P89）」の生徒さんだった。卒業のときにサプライズで作ってくれたムービーの歌があまりにも素敵なので、思いっきり背中を押したら、その後、音楽活動を始めて、今ではあちこちに呼ばれてコンサートをしている。結婚してご近所さんにもなって、うれしい限り。

ブラウンズフィールドの「もったいない」をテーマに、私のフェイスブック募集投稿をそのまま歌詞にした「Mottainai」のYouTube、ぜひ見てください。私も出演させていただき、踊っているよ。

YouTube OMG-Mottainai
～あるもんできっちん～
（Official Video）

どん低下している。自分で少しでも、食料を作れるようになるとか、農家さんに援農に行って直接つながるとか。そこ、とっても大事になっていくと思う。あと、どの野草が食べられるかを知る、とかね……笑。

考えてみて。日本は1639年から1853年まで、200年以上も鎖国してた。ってことは、当時は食料の輸入も輸出もしてなかったってことだよね。つまり、人口が少なかったとはいえ、自給自足できていたわけだ。現代だって、工夫次第で自給率は上げられるはず。

「あるもので暮らす」ということは、「あるものを生かす」という暮らし方。資源を生かし、野菜を生かし、環境を生かしていくように、私たちは自分も生かす暮らし方を選んで生きたい。

日々、各自の家でも、食べきれない・使わない食材をただ捨ててしまうなんてもったいない。工夫一つでおいしいごはんに変身させて、みんなで楽しくおいしくフードロス削減につなげていこうね。

こんなことから、少しでも幸せの連鎖が広がりますように！

まかないは人を育て、環境を守る

ごはんは人生の中心だ！　おいしくて質のよいごはんをみんなで囲み、おしゃべりしたり笑ったりする時間が多ければ多いほど、人生は豊かだ！　と私は思ってる。なので、ブラウンズフィールドのまかないは、ブラウンズフィールドのまさに中心。

そんな丸秘極秘事項（ウソです）のまかない作りを、一挙公開するね。

ブラウンズフィールドのまかない作りルール

◎わざわざ、まかないのために食材を極力買わないようにする。
◎動物性食材は使わない(今のところ、鶏を飼っているわけではないし、魚を釣ってこられる人もいないし、猪を捕まえてさばける人、いないしね。自分でできるなら、ある程度よきと思うけど。どちらにしても動物性食品がないと、キッチンの片づけも楽だし、揚げ油も汚れないので助かる)。
◎あるものを生かして作る。
◎無駄にしない。
◎なるべくブラウンズフィールドで採れたものを使う。
◎皮まで使う。根菜なども葉っぱまで使う。
◎泥つき野菜は、外の雨水でまず洗う。
◎ふたをして弱火で蒸し煮したり、スープを作っている鍋の上で野菜を蒸すなどして、ガスを無駄にしないようにし、時短にも考慮する。
◎大量に蒸す、炊くなどの場合は薪を使う。
◎鍋に食べものが残らないように、きれいにこそげ落とす。ミキサーなどに残ったものも、ごはんウエスして（ごはんにからめて）食べちゃう。最終的には、布ウエス（P92）して、水を汚さない。

こんな感じかな？　限りのある、でもおいしい食材で、工夫を凝らしてクリエイトできるのがおもしろい。なにより、まかないは失敗が許される（笑）。だから、冒険もできる！　たくさん働いてお腹を空かしたみんなが、多少自信がない料理でも、「おいしい！」と受け入れてくれて、とことん食べ尽くしてくれる。その場で、正直なフィードバックももらえる。

だから、はじめのうちは先輩たちの動きが速くてオタオタしている子も、毎食作り続け、季節が巡って1年も経つうちに、ものすっごく腕が上がっていく。その成長ぶりは本当に素晴らしい。

まかないは、自信と生きる力を養っていってるなって思う。ブラウンズフィールドのまかない作りは、人を育て、環境にも優しいって思う。

ということで、ブラウンズフィールドのまかないの作り方を整理してみた。

1. まず、食べる人数を確認（よく、ご近所さんや畑を手伝ってくれる人やお客さんが来るし、スタッフも自分の体調に合わせて、食べる食べないは自由なので、メッセンジャーで確認。毎食5～25人くらいの幅で作っている）。

2. 冷蔵庫を見て、残りもの、余っているものから使う（ドレッシングやスープのちょい残り、おかずの残りものなどなど、前回の分を全部取ってあるので）。

3. 畑や庭を歩いて、使えそうな野菜、野草、花を採る。

4. 「慈慈《じじ》の邸《いえ》」（P76）や「ライステラスカフェ」（P23）から下りてきた食材やおかずを入れ込む。

5．自分たちで育てたおいしい米、豆、そば、麦を使う。

あとは、自分たちで作ったみそ、しょうゆ、柿酢、麹、麹から作ったみりん、塩麹、しょうゆ麹、にんにく麹、豆板醤、梅酢、甘酒、甘酒コチュジャン、などの、おいしくて質のよい調味料を適宜使って、煮たり焼いたり蒸したり炒めたり、生でサラダにしたり、インスピレーションを使って自由に組み立てる。

頭の体操になるし、本当に楽しい！　おいしい×おいしいは、おいしいの二乗。その残りものも十分な食材となり得て、おいしいでしかない。いろんなものを組み合わせることで、二度とできない料理ができる。食材との一期一会がおもしろい！

唯一困ることがある。「これ、おいしいですね～！　どうやって作ったのですか？」と、お客様に聞かれるとき。「カフェで残ったコロッケの具材を崩して、昨日のおかずと混ぜてまとめて、丸めて揚げて、残っていたタレに残っていたスープを混ぜて増やして、ソースにしてかけました」とか言えない（笑）。

え!?　私はどうしているかって？　私は、好きなとき、時間のあるときに、まかない作りに参加し、みんなでワイワイ作るのを楽しませてもらっている。都会で、子ども5人ワラワラいて、ほとんどワンオペで主婦しながら自宅のキッチンで料理教室をしていたときは本当に大変だったので、こんなわがままな立場でキッチンに立てる幸せを噛みしめつつ、愛すべきかわいいスタッフのみんなに日々感謝しているよ。うふっ。

ありがとうございます。

判断力が高まり、願いもかなう半断食

今まで、自然の中で健康になるための合宿をいろいろやってきた。砂浴合宿、腸内洗浄合宿、ヨガや座禅や瞑想合宿……etc. そして、最近は、年末年始の半断食を毎年開催している。

半断食とは、無精白の穀物（玄米を中心に）を一口200回以上噛んで、いただく。その他のものは、せいぜい、（本物の）ごま塩、梅干し、たくあん少々、という、方法としては簡単明快な断食の方法だ。

完全断食よりエネルギーが落ちないので、動けるし、たくさん噛んで、唾液を大量に出して飲み込み循環することで、免疫力が上がる。なにより、排出力がすごい。完全断食より効果が高いと思われる。

でも、一人でやって続けるのはやはり難しい。私もそう。まわりが食べていると、「また、明日からでいいか」と、ついつい食べちゃうし、がんばりすぎると、リバウンドが怖い。

そこで、一日一食、玄米だけをよく噛んで食べ、あとの時間は養生ドリンクの作り方を習ったり、里山や海を散歩したり、クリスタルボウルや瞑想でヒーリングしたり、呼吸法やヨガで体を動かしたり……を合宿でやることにした。みんなで半断食すると、励ましあえるし、なにより楽しい。

しかも、年末年始。クリスマスだ、忘年会だ、正月だ、新年会だで、世間の人がたらふく飲み食いしているときに、自然の中で静かに半断食。スタートが違うと、新しい年のポテンシャルが大きく変わるのは明らかだ。

半断食で体の中がすっきりとした最終日に、新年の抱負をみんなにシェアする時間がある。「今年も元気に過ごしたいで〜す」というぼんやりとした目標ではなく、たとえば、「今年は家の近くで畑を借りて、無農薬で野菜を作ります」という感じに、少し恥ずかしくても、言い切りの形にして発表する。これが、意外とかなうから不思議。

後々、忘れた頃に、「結婚しました」「会社を立ち上げることができました」「お野菜が順調に採れてます」などの、連絡が来る。私のおかげじゃないけど、うれしい限り。

実は私も、その恩恵を受けたことがある。千葉へ越して数年後に自分で半断食をしていたとき、ちょうどブラウンズフィールドで野口整体の会があり、新年の抱負を言い切りの形で発表した。本を出す計画なんてまったくなかったし、恐れ多いと思いつつも、「今年、本を出します」と言ってみたのだ。すると、あれよあれよと話がまとまり、その年の内、２００４年10月10日に、『生きてるだけで、いいんじゃない』（近代映画社）の初版が発売された。驚いた。

整体の指導者の話では、言い切ったら忘れてしまうことが大事なんだそうだ。

もう一つ。半断食をすると判断力が増し増しになる。まぁ、普通に誰が考えても、暴飲暴食しているときとよく噛んで少食のとき、どちらが判断力があるか？　って聞かれたら、誰の答えも明白だと思うのだけど。

3・11のとき、いろんな情報が飛び交い、海外の友達からも電話があって、「すぐ逃げて」と言われ、近所の人からも「西に向かって車を出すから、乗って」と言われ、本当に迷った。

半断食は、そんなときも役に立つ。薪ストーブの前で玄米おむすびを一口200回噛んだ。5日目の朝、「ここに居よう。怖がらず、慌てず、ここで暮らそう。放射能の数値が高くとも、現地よりはマシなはず。私は受け入れる立場となろう」と判断し、行動した。

それが、正しかったのか正しくなかったかは、わからない。ただ、そのとき、すごく肝が据わったのは確かだ。

ということで、「この人と結婚しても大丈夫かな?」と思ったときなどにも、よく噛んでみることをおすすめする(笑)。

本当は、日々日々ゆっくり噛んで少食にできれば、それに越したことはないのだけど、日々が難しかったら、ポイントで、「今日は」とか、「この一食は」、「この一口は、よく噛もう」って決めて噛むだけでも違うよね。

私も日々噛めてません。食いしん坊だし、毎日がおいしすぎて……。でも、食いしん坊だからこそ、半断食が大好き。リセットできて、同じものが半断食後にさらにおいしくなるからね。判断食後、最初の一口のみそ汁が細胞の隅々まで行き渡る感動ったら言葉では説明できないよ。

食欲は(他の欲もそうだけど)、追求してもキリがない。どこまで行っても満足できない。日々の美食、食べすぎ飲みすぎは、着実に生活習慣病になるために投資しているようなもの。だからこそ、時々でも削ぎ落とすのが大事だよ。

ブラウンズフィールドの半断食は、最後がお正月なので、ほんの少しずつだけど、お節料理をみんなで盛り付けて、よく噛んでいただく。お節料理って、実は一年間で採れた田畑や山の恵みで十二分においしく美しく作れる。「これはあのとき蒔《ま》いたもの」「これはあのとき採ったもの」「これもみんなで加工したね」と、思いを馳せつついただくと、涙が出るほど愛《いと》おしく、おいしく感じられる。

ぜひ、この感動を味わいにいらしてくださいね（断食なのに、食べに来てって変だけど）。

半断食が初めての人が、一人でやるのはおすすめできない。排出が強く出るときもあるので、お気をつけて。きちんとした指導者の下でしてください。私的には、毎月プログラムがある磯貝昌寛先生の「マクロビオティック和道」がおすすめ。

衣と医がつながる「越前シャツ」

「できたよ!!　やりきった！　自己肯定感、爆上がり！」っていっても、シャツを一枚縫っただけなのだけど……（苦笑）。

全部手縫いで3日間で仕上げられるとは、自分の力量では無理だと思っていたので、とってもうれしかった。できる人にとっては、なんでもないことかもしれないけど、教えてもらいながら、チャレンジしてやり切るってホント楽しい。

しかも、このシャツ、「越前シャツ」といって、反物の幅（着尺）で全部直線断ち！　全部並縫い！　生地に捨てるところがほとんどない！　なのに、体にフィットして着心地よし。

ボタンホールも、ミシン要らず。布を切って穴を開けなくてもよい工夫がされている、目からウロコの縫い方。縫える人ならわかると思うのだけど、これってすごいことだよね!?

そして、着尺だから、背中心でなく、ズレたところで切り替えがあって、それがまた、なんともおしゃれなの。

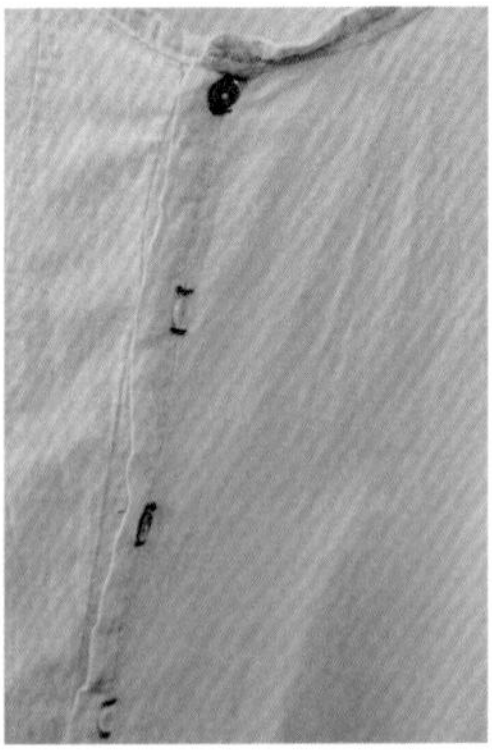

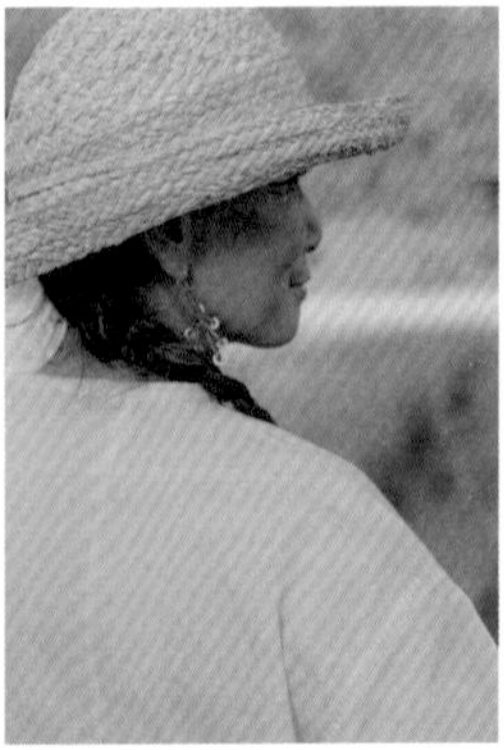

岐阜県の奥美濃のさらに奥、福井県との県境に、縄文からの「白山信仰」を守り続ける集落、石徹白《いとしろ》という地域がある。そこのおばあちゃんたちが、西洋から入ってきた洋服に憧れて、手元にある着尺の生地を無駄なく使って作るために、どうしたらよいか考え、創意工夫して作ったのが「越前シャツ」なのだそう。

着物しかない時代に、「あんな『服』を縫ってみたい。着てみたい。旦那に着せたい」と思った地元のおばあちゃん、当時の乙女心にキュンとしちゃう。

この「越前シャツ」を石徹白の90代のおばあちゃんから聞き取り、一緒に縫製し、図面に起こしたのは平野馨生里《かおり》さん。平野さんは石徹白に家族で移住し、２０１２年に「石徹白洋品店」を立ち上げた。「越前シャツ」をはじめ、石徹白の昔ながらの農作業着「たつけ」や「はかま」などを現代のライフスタイルに合った形で作り、石徹白の自然の恵みによる製品作りを展開。地域の民話絵本の制作もしている、４人の男の子の素敵なお母さんだ。

郡上に移住した無肥料栽培家の岡本よりたかさんご夫婦が、平野さんとつながり、「石徹白洋品店」さんの本藍染めの藍を自然栽培で育てたりしている。よりたかさんに、ここ何年も連続セミナーの講師としてブラウンズフィールドにいらしていただいているご縁で、多方面に才能豊かなよりたかさんの妻の阿弥さんが、私のわがままを聞いて「越前シャツ」作りの講師としていらしてくださり、今回のワークショップが実現したという流れ。素敵な人とのご縁とつながり、本当にありがたい。

この阿弥さんのオーガナイズ力が素晴らしかった。阿弥さん手作りの針刺し、縫い針、マチ針、縫い糸、糸切り鋏《ばさみ》、チャコペン、メジャー、定規を小さな籐籠の裁縫箱に番号付きで収め、参加者に銘々配ってくださったのだ。

シャツは無漂白のさらし生地で作ったので、「ステッチを好きな色で縫ったらいいね」と、60種類もの色糸も用意してあり、手元照明、端ミシン用のミシン、アイロンなどなど完璧なセッティングだった。

私たちは、5月の風が吹き抜ける、築250年の古民家「サグラダコミンカ」で、ウグイスの鳴き声に癒されつつ、安心して、ただただチクチクに集中することができた。本当に贅沢《ぜいたく》な時間だった。

普段、よりたかさんが講演会やセミナーの中心でスポットライトを浴びていて、阿弥さんは黒子のようにサポートに回っているのだけれど、今回は、よりたかさんが運転から準備、後片付けなど、阿弥さんのサポートをし、ワークショップ中もうろうろしながら、目を細めて阿弥さんを見守る様子が、なんともほほえましく。

どちらか片方に寄りかからず、ちゃんとお互いの才能を生かしあってサポートし合える。なんて素敵な夫婦の形なんだろう、と勝手に感動。

これからは、食べものだけでなく、服も少しずつでも自分で作っていきたい。

だいたい、布ってどうやって作られているのだろう？　って考えたことがある？　木綿の布一つとっても、綿の種を蒔《ま》いて、育てて、綿を摘んで、種取って（これ意外と大変）、紡ぎ（これも大変）、織る（さらに大変）。もしも、こうして布を種から自給したとしたら、少しも生地を無駄にできないよね？

そんなこと言ったら、ファストファッション（＊）の服なんて考えられない。世界中の人が捨てたファストファッションの服が、アフリカで何十㎞にもわたる連山となっているらしい。埋め立てたところで、化学繊維は土に還らない。

それに、化学繊維は洗濯するたびに、マイクロプラスチックが抜け落ちる。海はマイクロプラスチックで汚染され、それを魚が食べて、その魚を人間が食べる。因果応報だね。

いやいや、そんなこと言っちゃってる私も、死ぬほど寒い真冬の古民家暮らしゆえ、〇ニクロさんのヒートなんたらのお世話にもなっておりますよ。ありがとうございます。

でも、ちゃんと知る。考える。そして、なるべく、できるだけ、取り組む。ということが、大事だと思う。

私だって、おしゃれ好きだし、ファッションも好きだった。だけど、現在のファッション業界は、ほとんど人々に「消費させる」のが目的となっている。今年の流行りの色や形は、すでに3年前に、世界中で打ち合わせ済みで、みんなをあおって、購買意欲をかきたてる。そして次の年にはまた別の色、別の形。みんな買ったり、捨てたり、忙しい……。本当にばからしい。

人に左右されない、自分らしい、自分の好きな、気持ちのよい服で身を包みたい。気持ちのよい形、素材を自分で選んで、自分で縫って、自分で自分の好きな色に染めたら、本当に自分らしく生きられるよね。そこまでは無理としても、マスコミに踊らされる必要はないよね。

もう一つ。「服用」って薬を飲むことだけど、どうして「服」って漢字が使われているのか知ってる？

『山海経《せんがいきょう》』という古代中国で編集された地理書があるのだけど、その書物の中には、薬草などを衣服のように外側から体にまとって病気の原因となる邪気が体に入ってくるのを防ぐことを「外服」、体の中に入れて体内で邪気を防ぐことを「内服」、といった記述があるそう。

昔は、茜《あかね》で染めたもので体を温めたり、絹の包帯で傷を治したり、体にまとって皮膚から薬効を取り入れていたから、いまだに「服用」と書くのだそう。

草木染めの服はまさに「外服」。逆に、あまりよろしくないもので身を包んだら、人体にマイナス効果だってことがわかる。

衣・食・住・医がどんどんつながっていくね。

だから、今回私にとって、「越前シャツ」を縫えるようになるってことは、とっても意味のあることだったの。黙々とチクチクしながら、いろいろなことに思いを馳せた貴重な3日間だったな。

そして、自分のやりたいこと、好きなことを企画し、素敵な先生方に来ていただき、お客さんと一緒に楽しめる、この環境と状況に感謝！　まわりで支えてくれているスタッフにも相当感謝。ありがとうございました。

ファストファッション（＊）……流行を取り入れ、低価格で大量生産し、短いサイクルで販売しているブランドや営業の形態をいう。

洗剤にこだわり、基礎化粧品は手作り

排水を汚して地球に負担がかからないように。と、20代前半で気づいてからは、なるべく生分解性の高い石鹸シャンプーとか石鹸歯磨き粉にしていた。でも、もう少し自然な香りのついた海外の素敵なナチュラルブランドのものを探したり、買い求めたりするうちに、何がよいかもわからなくなってきた。コストもかかるし……。何やってんだろう？　と反省し、かなり以前から、湯シャン、柿酢リンスに落ち着いている。

顔も体も「布良」（＊1）の布で、ゴシゴシしておしまい。いたってシンプル。もう少し洗いたいときは、洗濯や食器洗い、床掃除、車掃除まで使える「ナノソイコロイド」というオーガニック大豆から作られた液体洗剤を使い、これは歯磨きや顔を洗うのにも使っている。時々ガスール（＊2）で泥パックもする。超気持ちいい。

ブラウンズフィールド全体は、もう少し安価な「えがおの力」という、やはり何にでも使える洗浄液を、充填できる大容量サイズで購入している。それぞれの使い勝手に合わせて薄めてボトルに入れ、キッチンやバスルーム、洗濯機脇に置いてあるが、いちいち使い終わったボトルを捨てなくてよいので、とっても便利。

布良（＊1）……有機栽培の綿を手摘み、手紡ぎで糸にして作られた、吸水性が非常に高い布。台所洗剤なしで器を洗え、体や髪を洗うのにも石鹸やシャンプーが要らない。
ガスール（＊2）……モロッコで古くから使われてきた、洗浄効果をもつ粘土。

巷にはいろんな商品があふれているけど、みんな、ボトルの色や形、デザイン、宣伝に、踊らされているだけ。内容に大差ないのに、いくつも買わされる。しかも、そのデザイン料、広告費が高額だから、その分質の悪いものにお金を払っているんだよね。早く全員が、気がついてほしい。

ついでに言わせてもらうと、柔軟剤、マジですぐにやめてほしい。環境的にも経皮毒的にも最悪だけど、さらに、いわゆる「香害」といって、まわりにいる人が本当に辛い思いをしているのを理解してね。

年々、企業が作る香りがひどくなるのを感じる。公共の場で出くわして苦しんでいる人がいることを、どうかわかっていただきたい。

私の基礎化粧品は、手作りの柚子の種化粧水とドクダミの花化粧水。自分で作れば、安価でたくさん作れるので、気にせずじゃんじゃん使えて気持ちよい。

保湿には、養蜂家の友人から分けていただいたミツロウとおいしいオリーブオイルとで、ミツロウクリームを作っている。作るときに、好みのエッセンシャルオイルを混ぜるとさらに気持ちが上がる。エッセンシャルオイルがいくつかあれば、部屋の消臭ミストや蚊除けのスプレーなども簡単に作れて、とっても便利。

自然に感謝しつつ、心を込めて材料を摘んで、お気に入りの化粧水やクリームが安くできたときの喜びと達成感は半端ない。

化粧品だけの話じゃない。お店に並んでいるものは、どこかで誰かが作ったもの。だから、工夫すれば、やる気があれば、全部作れる、はず。

作ってみると、もちろん、プロの手業に感動することもしばしば。なので、プロフェッショナルな人をさらに尊敬し、感謝するようになる。

洗剤や化粧品の話をしたけれど、もっと大きなもの、「家」だったりしても同じこと。「そんな単純な話じゃないよ！」ってお叱りを受けそうなので、小さな声で言うけれど。

もしも、何かを「買う」ために、やりたくない仕事をして、「大事な時間を切り売り」しているのだったら、さっさと辞めて、自由になった時間で手作りのものを増やして、幸福度上げていきませんか～!?

地元の自然素材でリノベした「慈慈《じじ》の邸《いえ》」

２００９年。「近所に空き家が出たので、見ませんか？」と言われ、行ってみると、ブラウンズフィールドから徒歩３〜４分の場所で、昭和感が満載だけれど、まき塀（いすみ市をはじめ外房エリアで多く見られる生垣）に囲まれて、どっしりと建っている感じのよい家だった。

すぐにそこをリノベーションして、宿泊施設にしようと決心した。

鴨川の「ルーピーハウス」というアウトドアの洋服&雑貨屋さんの建物がとっても好みだったので、そこに行って施工会社を聞いてみた。東京の国立市にある「光風林」さんとのことで、パンフレットをいただいた。

連絡をとってみると、信じられないことに、ブラウンズフィールドから徒歩10分の物件を買ったので、これからリノベーションして事務所兼住居にするとか。素敵な建築家さんがご近所さんになる！　もうこれはご縁！　と思い、見積もりを出してもらった。

が、とても頼める金額ではなかったので、やっぱりお断りしよう、と思って、光風林のご主人の筒井さんに会いに行った。話し始めようとしたときに、筒井さんが、「こんな構想です」と、パラリと広げた見取り図にノックアウト。すっかり心を奪われてしまい、その場で頭を下げて「お願いします」と私（あ〜、断ろうと思っていたのに、断れなかった〜）。

でも結果オーライ。とっても素敵な宿になった！筒井さんのデザインは、光と風の取り入れ方が素晴らしく、曲線が美しく、照明、建具、建具の鍵まで、全部手で彫って作っていて、すべてに角がなくて本当にかわいい。特に台所は、料理教室もできて使いやすい理想的なキッチンに仕上がった。

石、砂、土、竹、木……、全部なるべく地元にある自然素材を使って作る。瓦や建材なども、なるべくリサイクルして作る。そうすると、気持ちよく深呼吸のできる家になる。

「建物に使う木は、その土地で育った木を使うと、その家は長もちするんですよ」と筒井さん。あれ？それって、マクロビオティックでいう「身土不二」と同じじゃない!?

「住んでいる土地でできた食べものを食べると、人間がずっと長く健康でいられるんですよ」

と、自分で教えていたのに、なんと建物も同じだったとは……。

うーむ。普遍的なんだね。深く納得。


筒井さんのほかにも、友達のイクちゃんに設計してもらって、香りのよいひば風呂を青森のおじいさんに特注したり、庭師の山口陽介氏が九州から来て内庭に木々を植えて水琴窟（＊）を作ってくれたり、金ちゃんが蔵を改築してギャラリーにしてくれたり、バリ島にチークの一枚板のテーブルや椅子やガゼボ（あずまや）を買い付けに行ったり……。

「もう、これは、たくさんの人に泊まりに来ていただくようにがんばろう」と思った矢先に東日本大震災。

とほほ……。

でもその後、次女の舞宙音《まちね》が料亭旅館での修業を終えて帰って来て、料理担当をしてくれたり、「サステイナブルスクール」（P89）をやったりで、なんとかつなげていたら、コロナ。

あはは。もう笑っちゃうしかない。紆余《うよ》曲折ありすぎ。がんばってるな〜、私たち。

というわけで、どうぞみなさん、渋モダンな宿「慈慈《じじ》の邸《いえ》」に、ご宿泊にいらしてくださいね。心からおもてなしさせていただきます。

水琴窟（＊）……庭の手水鉢《ちょうず》の近くの地中に、小さな穴をあけたかめを伏せて埋め、水滴が落ちる音を楽しむもの。

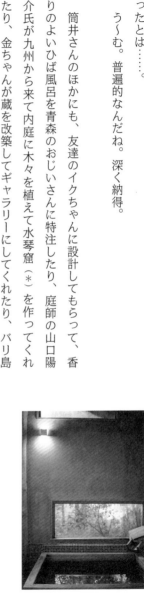

DECO'S
SUSTAINABLE LIFE

deco's story 3

手作りお届け便

ブラウンズフィールドの「手作りお届け便」は、コロナ禍になって、コロナのおかげで始まった。コロナ禍になって、人は来ない。暇になったけど、私たちは元気。自然も元気。どんどん実がなる。草木は生える。その傍ら、どうやら、どこにも行けず閉じこもって困っている人がいる。

よっしゃ、ありあまる草や実で、何か手作りしたものをセットにしてお届けしよう！　ってことで始まったお届け便。

ブラウンズフィールドでできたものたちを、みんなで楽しく摘んで、加工したりパックしたりした。

よもぎパウダーや桑の葉パウダー。それらを使った焼き菓子。柿酢。梅干し。梅ジャム。干し筍。メンマ。しょうゆを搾ったカスで作ったふりかけや「食べる米醤油」（P112）。酵素シロップ。ブラウンズフィールドの米としょうゆだけで作った無添加せんべい。玄米米麺などなど……。

季節に合わせ、注文の数に合わせたセット販売なので、無駄がなくてありがたし。好評なので、コロナ後も月1回のペースで続いている。ブラウンズフィールドのエッセンスやエネルギーをお届けし、生活のなかに取り入れて、少しでも楽しんでいただけたらうれしいな。

タイの旅で見た最先端な本物の暮らし

昨年の秋、卒業生のかよちゃんから「planeta ORGANICA（プラネッタ・オーガニカ）」のみゆきさんを紹介してもらい、「慈慈《じじ》の邸《いえ》」の「蔵ギャラリー JIJI」で展示会をした。プラネッタ・オーガニカさんは、タイで無農薬で育てられた綿や麻を、手紡ぎ、手織り、草木染めで寝具やリラックスウエアを仕立てていて、どれも肌触りが素晴らしい。

そのとき購入した藍染めのブルーのシーツがなんとも心地よく、かなり熟睡できるので、いっぺんに気に入ってしまった。私は、どこでも爆睡できる輩《やから》なので、どなたにも当てはまるわけではないとは思うけど、人生の約3分の1の時間は寝ているわけだし、寝ている間に人間の機能が修復されていると実感しているので、睡眠や寝具を大事にしたい、とかねがね思っている。

ちなみに、寝るときおっぱいの形を保つだけのために、化繊のワイヤー入りブラジャーをするのは、どうひっくり返っても私には理解できずだよ。リラックスして寝なさ〜い！　まぁ、たらちねのおばぁのつぶやきなので、どうぞ、お気になさらず、好きにしてよいけどね。

あっ、でも、ついでに言わせてもらうと、おパンツ、やはり24時間化学繊維をお股に当てているのはいかがなものか。経皮毒は皮膚から体内に吸収される有害物質のことだけど、体の部位によって吸収される比率が違うらしい。

腕の内側の吸収率を1とすると、額は6倍、背中は17倍、生殖器は42倍！　おパンツは服以上に素材に気をつけていただきたいわけ。生理用ナプキンもしかり。

私としては、オーガニック素材で手作りしたふんどしが、ゴムでそけい部を締めつけることもなく、冷えをとってくれるので、おすすめだが。これも好みがあるだろうし、「勝負パンツ」が「勝負ふんどし」になったら、さすがに色気がないのかな？　それを素敵と思える人に出会えればいいのか……!?

おっと、失礼。大幅に話がそれた。

私は、風通しのよすぎる古民家の凍《い》てつく寒さがこたえるので、毎年1月はブラウンズフィールド全体をお休みにして、暖かいところに逃げることにしている（ほんとは、1年12か月のうち、3か月くらい休むのが人として必要だと思っているのだが、冬場のみそやしょうゆ仕込みも重要なので、いたしかたない）。

今年は、プラネッタさんのオーナーのみゆきさんを訪ねて、暖かいタイのチェンマイに行き、どんな所で、どんな人が、どんなふうに、製品を作っているのか見学に行くことにした。

みゆきさんが連れて行ってくれたのは、チェンマイから北に向かって、車で約1時間半。ジョムトン郡インタノン山脈の中にあるカレン族の小さな村。チェンマイにあるプラネッタ・オーガニカのタイのオフィスで働く女の子、パイちゃんとラムヤイちゃんのご実家がある村だ。

民泊させていただいて、美しい山を歩いたり、川で泳いだり、村のタイ料理を作るのを見たり、カレン族の織りや衣装を見せていただいたり、実際に、紡いだ糸や布で、木の皮やマンゴーの葉の草木染めを体験したり、充実した日々を過ごした。

でも、なんといっても、特筆したいのは村の生活。この村に家は全部で16軒。豊かな自然の中に、ポツポツとシンプルな木や竹でできた家が建っている。電気は来ていないが、各家に小さなソーラーパネルがあって、電灯はつくし、携帯やパソコンは充電できる。かなり十分。

調理は、基本薪か炭。補助的にガスボンベもある。水は共同の湧水場まで汲《く》みに行き、素焼きの瓶にためておいて、飲み水や調理にはそこから使う。洗う水、水浴びの水は、村で無料の簡易水道が湧水から引いてあって風呂桶にためてある。トイレもそこから手桶で汲んで流し、紙も使わず、お股も流し、手も洗う。毎回、床も流してとっても清潔。

冷蔵庫はないので、肉は燻製《くんせい》にする。どの家にも竹でできた囲炉裏があって、捕まえた動物を囲炉裏の上で燻煙して干し肉にし、長もちさせる（実際、野ネズミを丸ごと干してあるのには、びっくりだったけど！）。

村の人たちはみんな仲よし。結《ゆい》方式といって、順番にみんなの家をみんなで建てる。だから、人件費が要らない。そこにある木や竹を切り出して使うので、材料費も要らない。

どうよ。これ、完全にオフグリッド。今や、この生活は最先端じゃない!?

電気も使い放題じゃないから、夜は寝るしかない。だから睡眠時間も長く

とれて、空気も星もきれいで、心底くつろげたよ〜。

さらに、驚くべきは、タイの経済。今、円が安いので、タイの1バーツは約4円。新卒者の給料が約1万バーツ、救急隊員で1万5000バーツ、なので、日本円で約6万円。パッと見、安いよね。でも、この村では、家族が1か月5千〜1万バーツで生活できるそう。

王様が作ったタイの学校だと、高校まで無償。寮まで無償。必要なのはお小遣いくらい。

野菜や果物はいっぱい採れる、買っても安い。

消費税、市場ではなし（スーパーの食品は内税7％）。住民税なし。保険料は月30バーツで、医療費無料。国民年金なし（社会保険に入っている人は給料から5％天引き）。なのに、保険に入っていようとなかろうと国民全員が60歳から毎月600バーツ、70歳から毎月700バーツ、国からもらえる。給料の3分の1で生活できるから、その分豊かに暮らせる。

日本はどう？　仮に50万円の給料だとしても（そんな高級取り、私のまわりにはほとんどいないが……）、半分近く税金でもっていかれ、家賃や何千万もする家のローンの返済、毎年上がる光熱費、保険料、学費……。クタ

クタになるまでがんばっているのに、ずっと気持ちに余裕がなくて、安心できない。これが先進国!? 本当におかしい。おかしいと思わないほうがおかしい。

これだけ税金を払っていれば、日本だって、学費の無償化、給食の無償化、消費税なし、ガソリン税なし、くらいできるはず。

私、ここ何十年も病院のお世話になってないのに、毎年国民健康保険14万円とか払っていて、その上、介護保険も8万円払っている。本当にペイフォワード（*）になっていればよいのだけれど……。今の日本の政権が信用できなさすぎる。なんとかしなくちゃだね。

一つは、たくさん稼いで、たくさん使う。それも気持ちがよいかもしれない。でも、いろんなツケが地球に負荷をかけている。

もう一つは、少ししか稼げないけど、ほとんどお金を使わない。豪華な生活じゃないかもだけど、ゆっくり家族や仲間と楽しめる時間があり、地球にも優しいとしたら、あなたは、どちらがよい？

真剣に考える時期が来ているなって思う。

タイ旅行では他にも、Mae Taeng にあるタイの有名な料理家の Yao《ヤオ》さんと夫のネイトさんの、土壁の手作りの家に泊まらせてもらって、素敵なキッチンで料理を習った。Yao さんのカオソイ（ココナッツ風味のカレーラーメン）は、生のココナッツをすりおろして水でもみ、ココナッツミルクを作るところから始める、今まで食べた中で一番おいしく、幸せなカオソイだった。

Yao さんがいたオーガニックコミュニティ「パンパンファーム」も見学。種とりを大事にしていて、土壁の建築もすごくよくて、世界各国から研修生が来ていて素晴らしい。

若いときに知ってたら、ここに住んでたな〜。

以前から行きたかったホシハナヴィレッジにも泊まった。ここは、バーンロムサイというＨＩＶの感染で孤児になった子たちの施設が、子どもたちの自立のために子どもたちと一緒に服を作り始め、徐々にドネーションでプールを作り、宿泊施設を作り、ホシハナヴィレッジとなったとのこと。

なので、ここに泊まると宿泊料の何％かがバーンロムサイの運営費になり、バーンロムサイ卒業後にホシハナで働く子もいるとのことで、よ

い循環となっている。

チェンマイの「Jing Jai Farmer's Market」は、毎朝開催されていて、服、クラフト、山岳民族のもの、野菜、ドリンク、各種食べものなど、とにかくたくさんの種類があって、基本的にオーガニックなものが多い。

とても広いし、おいしいものもたくさん。ブラブラしていても、とっても気持ちがよいマーケットだ。ローカルの人も楽しめる価格設定だし、日本では出会えないものも見つかるし、めっちゃ楽しいのでおすすめ。タイもどんどん変わってきている。日本でも、こんな規模のオーガニックマーケットが各地であったらよいのにね。いや、できるはず！

今回も充実な旅だった。たくさん学んだし、コスプレもして羽目を外してはしゃいだし、おいしいものも食べたし、マッサージもたくさん受けてリラックスもした。

一緒に行ってくれたスタッフたち。「パンパンファーム」やYaoさんにつなげてくれた卒業生たち、そしてみゆきさんやパイちゃん、ラムヤイちゃん、村のみなさんにも感謝。

本当にいろんなつながりの中で生かされているなぁと改めて感じ、日本の問題点もいっぱい見えたタイの旅だった。

ペイフォワード（＊）……直訳は「先に払う」。自分が受けた厚意をその人に返すのではなく、別の人に贈ることを言うが、ここでは保険料の支払いをそれになぞらえている。

deco's story 4

サスティナブルスクール

ブラウンズフィールドを始めた当初からいろんなイベントを組み立ててきた。でも、ひとつひとつ組み立てて、募集して、申し込み確認と入金確認をして、実行して……。みんなで仲よくなっても、その場限りで終わってしまう。

もう少しつながりをもちたい。ブラウンズフィールドに通っていただき、もっと季節を感じてほしい。ついでに手間も省きたい。ということから、思いつきで始めた「サスティナブルスクール」。今年、11期生が卒業した。

月1回1泊2日の開催が、年に6回のセミナーコース。野草を採って料理する4月から始めて、大豆を使ってみそ造りとテンペ作り、梅仕事、田植えや種まき、稲刈りの農作業をしたり、簡単なシャツを作って身近な植物で草木染めをしたり、蜂について学んだり、バーム作りや建物の補修を習ったり……。ブラウンズフィールドの衣食住を一緒に体験しつつ学んで、季節のものを料理して食べて、自然を体感する半年間。

遠く関西のほうから通ってくださる人もいて、みなさん、その年のグループで仲よくなって、卒業してからも集まって親交を深めてくれている。私も毎年、いろんな職業、いろんな年齢の人にお会いできて、お話を聞けて、講師なのを忘れてしまうくらい楽しい。

今年から、遠くてなかなかブラウンズフィールドまで通えない人やお子様連れの人のために、「オンラインサスティナブルスクール」のクラスも始めた。まだまだ試行錯誤中だけど、元気な限り続けていけたらいいなぁ、と思っている。

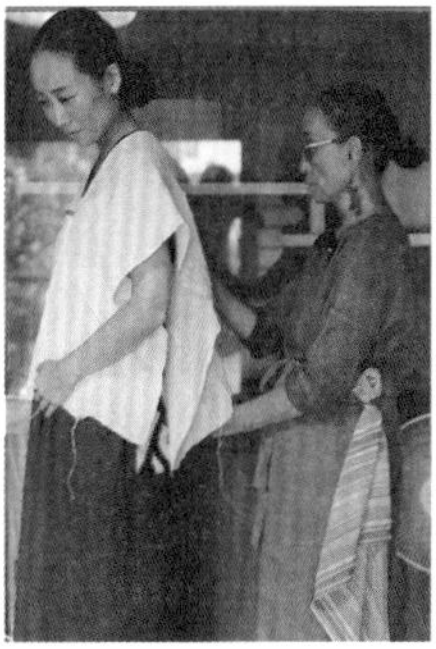

deco's story 5

子どもキャンプ

ブラウンズフィールドの子どもキャンプ。最近はコロナ禍でお休みしてるけれど、20年ほど前、次男の民人《みんと》がまだ小さな頃から毎年夏に開催していた。どちらかというと、うちの子と遊んでもらうために、ほかの子どもたちも巻き込んでイベントを組んだ感じだった。

そのうち子嶺麻《しねま》やその夫の洋介さんが仕切ってくれるようになり、彼らの引っ越し後はご近所のポットさんご夫婦が、イングリッシュネーチャーキャンプとして英会話のキャンプをしてくれていた。

ブラウンズフィールドの子どもキャンプの特徴は、生活と遊びが一緒ってところ。むしろ生活ファースト。朝起きたら掃除。トイレ掃除も順番にやる。朝食を食べるためには、薪割り、米研ぎしてから、ごはんを羽釜で炊く。洗濯も、干すのも取り込むのも自分たちで。

海へ遊びに行きたかったら、朝食の後

片づけが終わってから、何が必要かを考えて自分たちで準備。ピザが食べたかったら、ドゥ（生地）からこねる。自分たちで使う食器も、竹を切り出すところから箸やお椀、お皿を削って作る、……という、サバイバル的キャンプ。

でも、子どもたちは、いろんな「初めて」にチャレンジして、とっても楽しそう。遊びの計画もごはんの計画も、子どもたちに決めてもらうから、誰も文句は言わない。ごはんとみそ汁だけの日が続いても、うれしそうにパクパク食べる。

おうちで「今日のごはん、これだけ～?もっとおかずないの⁉」なんて言う子は、お母さんの大変さをシェアしていないからかもね。キャンプから帰ると、お母さんから、「以前より家のお手伝いをしてくれるようになったんです！」とお礼のメールがよく届く。

基本キャンプでも肉は使わないけれど、「命」を感じてほしくて、農家アーティストの佐野さんにいらしてもらって、鶏をさばいたことが何度かある。元気に走っている鶏を捕まえて、足を縛って吊《つ》るし、喉首を掻《か》っ切って血抜きをする。目を覆い、泣き出す子どもたち続出。泣きながらも、まだ温かな鶏の羽をむしる。

佐野さんが、鶏の腹を裂き、内臓を取り出しながら、「これが腸で、これが心臓」と子どもたちに解説。「私、もう絶対にお肉は食べない！」って言い出す子も……。ところが、見覚えのある手羽やもも肉になっていき、切り刻んで串に刺して焼き鳥の見た目になると、泣いていた子も前向きになり、炭火で焼くと目を輝かせて「おいしい！」と食べ出す。それでいい。見て触って感じた経験が大事。

スーパーでしか魚を見ない子は、海の絵を描いても魚の開きや切り身が泳いでいる絵を書くのだとか。今やオール電化になっていて、都内では焚《た》き火も禁止だから、生の火を見ずに大きくなっていく子もいる。そんなんあり？　人間は火を発見して進化したって言われているのに！　ああ、確かに、科学や医学が進化している割には、みんな免疫力が落ち、生殖本能が薄れ、病気が増えている。退化しているのかもね～。

子どもたちには少しずつなら火傷《やけど》をしたり指を切ったりして、痛みを経験しながら大きくなってほしい。バーチャルの中でしか生きていないと、人を傷つけても痛みがわからない人になる気がするよ。

私たちができることはほんの小さなことだけど、子どもたちが本物に触れて、本当の喜びや楽しさ、時には痛みを感じる経験を提供していきたいな。

今後は、孫たちを巻き添え（?）にして子どもキャンプを再開していけそうなので、ご期待くださいね。

deco's story 6

ウエス

ブラウンズフィールドのエコな取り組みのなかで、誰でもすぐに取り入れてもらえるのが「ウエス」。英語のゴミや廃棄物を意味する「Waste」が語源となっているらしい。

まず、要らなくなった衣類やシーツやタオルなどを、好きな大きさに切る。取りやすい使いやすい場所に、ビンなどに入れて設置しておく。

食事が終わったあとなどに、各自がウエスで食器を拭いておくと、洗剤を使わずにきれいになるので、洗剤も水も節約できるし、排水も汚れない。

ちょっとした汚れを拭き取るときも便利だし、鼻をかんでも、鼻の下が痛くならずによい。ということで、少しの努力で、もう箱ティッシュを買わなくてもよくなるよ。

拭き取りやすさや、使ったあとに土に還るかを考えると、将来立派なウエスになるよう、衣類や寝具も化学繊維よりヘンプやコットンがよき、ということになる。「買う」その時から、「いつかゴミになって土に還るであろう」までを考えるのが大事だね。

DECO'S
SUSTAINABLE LIFE

米作りにはあきれるほどの作業が

ブラウンズフィールドで作っているお米の種類は、イセヒカリ、古代米の黒米、緑米、赤米。目の前の田んぼと行元寺脇にある天水の谷津田、合わせて7反ほど。約2000kgできると、まかないごはん、カフェ、宿泊、イベント、麹、せんべい、玄米米麺の加工などに間に合うが、少ない年は、夏前くらいに米袋の残数を数えて戦々恐々となる。

「命の源」と言っても過言でないお米。自分たちで作って蔵にたくさん米があると、それだけで豊かな気持ちになる。

もちろん、無肥料無農薬の自然栽培。最初、除草が大変すぎて、合鴨農法もやっていた時期があるけど、鴨を買って、飼うのも意外と大変だったので、結局、今は手で除草。20年以上経つからか、ジャンボタニシが適度にお手伝いしてくれているからなのか、だんだん草の量が減っている。

「無農薬で米を作るなんて、都会人の幻想だよ」って言っていたお隣の安藤さん。15年ほど見守ってくださり、亡くなる前の年に、「立派な米だね。分けつ（＊）も素晴らしくて、最高だ」と言ってくださり、うれしくて泣いた。

お米は、前年に採れた米を籾《もみ》で残しておいて、それを種にし、種蒔《ま》きして苗を作る。種蒔き前にも発芽させるためにたくさん作業があり、種蒔き後も芽が出て苗になるまで緊張の日々を過ごす。

そして、田植え。田植え前にも耕運し、畦《あぜ》を整え、水路を掃除する、などなど……、あきれるほど作業あ

り。田植え後は水の管理、草とり。そして草とり……。収穫後は天日干しして、脱穀して、籾すりして、やっと玄米になる。

なので、マクロビオティックうんぬんとか、玄米が体によいとかどうとかよりも、もったいなくて、とても精米できない（笑）。

一日浸水させて、薪で玄米を炊いて、日々ありがたくいただいている。


分けつ（＊）……株が育って、根元から新しい茎が生えてくること。

deco's story 7

収穫祭

収穫祭は文字通り、秋の実りに感謝して、みんなでお祝いするお祭り。夏祭りと同様、ご近所の出店者さんや出演者さんで盛り上がる。そして、ブラウンズフィールドからは、収穫したて、蒸したて、搗《つ》きたての緑米の玄米餅を振る舞っている。しょうゆもきな粉もあんこも、原料からブラウンズフィールド産！ 泣くほどうれしくて、おいしい。

ハイライトは、鎌倉から毎年来てくれている「イマジン盆踊り部」！ 大好き。超絶かっこいい！ ジャジーな演奏も、唄い手の愛ちゃんも、まとめている櫻子ちゃんもふえり子ちゃんも、踊り子さんたちも、とにかく粋で素敵なの。

呼んでおいてなんだけど、ブラウンズフィールドに来てくださるなんてもったいない、もっと世界中にお披露目したい～って真剣に思っている。

始まりは、東日本大震災だったそう。「原発反対！」と声をあげていたのだけど、それよりも、一緒に踊って唄って楽しんで、世界平和を願うほうがずっとよいと。それぞれが自分の仕事をもっていて、盆踊りのために集結して、世界のために踊るその生き方にも惚《ほ》れ惚《ぼ》れする。

そして、この盆踊りという日本の文化。みんなで輪になって、ぐるぐるとひたすら回りながら、単純な振りを繰り返す。子どもも大人も、男も女も、おじぃもおばぁも、みんなで笑いながら、ぐるぐるぐるぐる。エネルギーがスパイラルとなって天に昇っていく。そのうちゾーンに入って、涙があふれてくるのは私だけかな～？

とにかく、一度体験しに来てね（各地を回っている「イマジン盆踊り部」の年間スケジュールは盆踊り部のホームページに載っているよ）。

麦はうどん、しょうゆ、パン、お菓子に

麦も、しょうゆを造るために大事なアイテム。12月初めに種蒔《ま》きして、冬の間何度か麦踏み。除草し、土寄せし、6月に美しく色づいたら刈り取りして脱穀。でも、ちょうど梅雨のシーズンで、乾燥させるのが大変。

最近は小麦を食べると腸によくないと、グルテンフリーが流行っているよね。驚くことに、イタリアでもピザやパスタが食べられない人が激増しているとか……。長い間愛され、食べ続けていた麦を急に悪者にするのは、ちょっとおかしいなと思っている。

アメリカなどで広い場所で作る場合、麦を乾燥させるために、大量の枯葉剤を小型飛行機で、刈り取りの時期にまいているそうだ。

化学肥料はもちろん、農薬、品種改良、遺伝子組み換え、ゲノム編集、輸送中にはポストハーベスト（収穫後の農薬処理）……。

こんな、不自然極まりない、食物とも言えない小麦を常日頃食べていたら、そりゃ病気になるよ。「おかしな小麦をこれ以上食べないでくだせぇ」って体が悲鳴をあげているのが、アレルギーなのではないのかな？

なので、国産で無農薬の小麦、とっても貴重です。ブラウンズフィールドでは、次の年の種の分としょうゆの原料にする分以外を全部製麺所に出して、「玄うどん」という商品とまかない分のうどんを作ってもらっている。

15％削っているだけなので、小麦の味わいがするもちもちとしたおいしいうどんになる。うどんとしての

みならず、手打ちパスタのように、トマトソースやジェノベソースあえにして食べると、すこぶる美味！

削った外皮も製麺所から送り返してもらって、パンやお菓子作りに役立っている。

今年は過去最高の200kg採れたとのことで、農隊が飛び上がって喜んでいた。まかないに登場する回数も増えそうでうれしいな。

在来種の大豆をみそ、しょうゆ、テンペに

ブラウンズフィールドで作っている大豆は、「小糸在来」という千葉県の在来種。在来種とは、その土地になじんだ種のことで、何世代にもわたって種を継いでいく中で、地域の風土に適応した種のこと。土地の風土に適応しているので育ちやすく、その土地の文化にも深い関わりをもっている。

植物は、土、水、太陽、虫、動物、微生物、風、天体など、あらゆる生命との関係性の中で育まれているよね。そして、それらの記憶を携えて次世代に命をつないでいく。そう考えると、毎年毎年種を取ってつなぐのが愛おしくなってくる。

そろそろ、「小糸在来」は「ブラウンズフィールド在来」になろうとしているかもしれないね。

大豆は、みそとしょうゆ造り、そしてテンペ作りにも欠かせないので、大事につなげて作っている。収穫量は、年間約３００kg。

今までは、大豆を乾燥させたあと、手作業で叩きつけて脱穀し、毎晩みんなで「豆選」といって、一粒一粒選別してランク分けしていた。でも、そろそろ量的に追いつかなくなり、ここ最近は脱粒機をお借りして脱粒してい

る。やっぱり、機械すごいわ……。近所の農家さんが、大きな納屋にいろんな機械をドドーンと並べている意味がわかる。

どなたか要らない脱粒機がありましたら、お譲りください。お待ちしております。

野菜は難しいけど、無肥料無農薬栽培で

野菜は、残念ながらまったくといっていいほど自給自足できてません。まかない、カフェ、宿泊分を合わせると、かなりの量が必要なので、ほとんど間に合わない。

野菜を、満遍なく時期をずらして種を蒔《ま》いて、タイミングよく収穫して、保存するって、なかなか難しい。米より難しいと思ってる。農家さんってホント、尊敬する。

だから、野菜が上手にできると、とってもうれしい。できた野菜はみんなで愛《め》でて、役立てている。

最近では、今までできなかったごぼうができたり、にんじんができたり、とうもろこしがびっくりするほど大きくなったり、さつま芋やじゃが芋や里芋がしばらく食べ続けられるほどできたり……。

岡本よりたかさんが無肥料無農薬栽培の連続セミナーにいらしてくださってから、おかげさまで農の方向性も定まり、土も少しずつよくなってきているのだと思う。

欲を言えば、トマトが大量にできて困って、一年分のトマトソースを作ってストックする。とか、白菜、にんじん、大根、唐辛子が採れすぎて、自家製無添加キムチをたくさん作って堪能する。なんてことに、とっても憧れちゃうのだけど。

まぁ、自給率100%を目指してがんばりすぎて疲れちゃったら本末転倒なので、まわりの農が得意な人とシェアし合って、楽しめるくらいの野菜作りでもよいよね、とお気楽に思っている。

DECO'S
SUSTAINABLE LIFE

deco's story 8

梅仕事

ブラウンズフィールドには、梅の木が8本ほどある。何もしてあげてないのに、毎年たくさんの梅の実をつけてくれる。なかでも、サグラダコミンカの畑にあるマザーツリーの梅の木は大きくて古くて立派で、その1本の木から100kgほどの梅が採れる。

　なので、梅仕事は6月のメインイベント。梅干しを漬けたり、梅肉エキスや酵素シロップを作ったり、梅酒にしたり、ジャムを作ったり。最近では梅アチャール（インドのピクルス）、茶梅漬け（塩漬け梅を茶葉と甘く漬ける）、梅入りクラフトコーラなどなど、みんなで工夫して大量の梅仕事をこなしている。

　梅雨が明けた土用の時期に梅を干す。ザルでは足りず、網戸まで動員して干している。日照りのなか、毎日たくさんの梅を一粒一粒丁寧に裏返すのは、なかなか大変だけど、最近ではスタッフに交じって小さな孫の手が役に立っていてありがたい。

手造りしょうゆ20年！　まだまだ発展

梅の花がやっと咲き始めた、まだ少し肌寒い早春の陽だまりの中。前日から粉をこね、打ちたて、ゆでたての手打ちうどんを丼に入れ、摘みたて、揚げたての野草の天ぷらと、畑の大根をおろしてのせ、菜の花を飾る。そして、たった今、搾っている最中の生しょうゆをたらりとかけて、ズズッとうどんをすする。

あ〜、たまらん。おいしすぎる！　ＤＮＡが小躍りする。日本人に生まれて、このしょうゆのおいしさを知れて、本当によかったさ〜。

母親が銚子の生まれなので、小さい頃よく東京から、銚子のおばあちゃんのところに遊びに行っていた。電車を降りると……。あら？　電車じゃなかったかも。汽車だ！　母と汽車で田舎に向かうとき、佐倉のホームで売り子さんが売りにくるアイスクリームを汽車の窓から買ってもらうのが楽しみだった。そして、トンネルに入る前にやおらみんなが立ち上がって、窓を閉める。なぜかと聞くと、「トンネルに入ると、汽車の煙が窓から入ってこもるから」と言っていたのを、記憶の隅から、汽車の煙の匂いと共に今思い出した。

そう。汽車を降りると、銚子の町はしょうゆの匂いが充満していて臭かった。ヤマサやヒゲタのしょうゆ工場があったのだ。その匂いがあまり好きじゃなかった思い出がある（昔はちゃんとした浄化槽がなかったから、匂ったのかな？）。

要するに、千葉県は温暖多湿で醸造に向き、常陸《ひたち》などから大豆や麦といったしょうゆの原料を入手しやすく、消費地の江戸へ水運を使って運ぶことができたので、発達したらしい。各家庭を回るしょうゆの搾り師さんもたくさんいたらしい。が、近来の千葉はそんなしょうゆ文化のかけらもなくなってしまっていた。

東京の自宅で料理教室をしていた頃、精子さんという料理上手な50代半ばの女性が通っていらして仲よくなった。「デコちゃん、私、来月から来れないの。実は、長野にお嫁に行くんです。その方の4番目の奥さんになるの」と言う。え〜っ!? そんなこともあるん？ 30代の私はお目々パチクリ。

その後、千葉に引っ越してから、精子さんのお宅に子どもたちを連れて遊びに行った。精子さんの夫は、吉田比登志さんという自由で素敵な人だった。長野の美麻《みあさ》村の廃校で、理想の人間社会や農学校を作ろうと「遊学舎」というコミュニティを立ち上げた人で、聞けば、近くに岩崎洋三さんというしょうゆの搾り師さんがいらして現役で搾っているという。

東京に居るころから、毎年麹と大豆を購入して、みそを仕込んでいたが、さすがにしょうゆ造りは高嶺の花とあきらめていた。可能ならやりたい！　と、岩崎さんに連絡をとった。

時を同じくして、吉田さんに会いに「遊学舎」に行っていたいすみ市の手塚幸夫さん（P15）も、「地域にしょうゆ文化を取り戻したい、しょうゆを造ってみたい」と思っていると聞き、2003年、一緒に長野の

「丸山味噌醤油醸造店」さんにしょうゆ麹を作って送ってもらい、しょうゆを仕込んでみた。

一年後の2004年、長野の岩崎さんが、搾り道具一式を軽トラに積んで、仕込んだしょうゆを搾りにいらしてくださった。植物や鳥など自然のことに詳しく、もちろんしょうゆについては経験と知識が深く、優しくて厳しいところもあるダンディなおじいちゃんだ。

ブラウンズフィールドでの初搾り。多分千葉県でこのしょうゆの造り方をして搾ったのは、手塚さんと私が初めてだと思われる。それから何年も、岩崎さんにはお世話になった。ありがとうございました。


手塚さんと私から徐々に広がったしょうゆ造りは、千葉県南東部の鴨川に飛び火し、「鴨川自然王国（*）」とそのまわりの人の間で爆発的に広がった。岩崎さんから引き継ぎ、鴨川で搾り師となったのは今西徳之さん。その今西さんの搾りを見た山野邉暁さんが、今いすみ市の搾り師さんをしてくれている。

ある日、手塚さんと今西さんが、東京農業大学短期大学部醸造学科を経て同大学の生物産業学部食品科学科を卒業したてだという及川涼介くんという、若い男の子を連れてブラウンズフィールドにやってきた。聞けば、卒業後、鴨川のおばあちゃんがやっていた麹屋さんを継ごうと思っているという。

えらいっ！　すごいっ！　もう麹王子と名付けちゃう。

私たちで思いっきり背中を押して、及川くんが「芝山糀《こうじ》店」を背負い、みそ造り用の麹しか造っていなかったところをしょうゆ麹を造ってもらえるようにした。

そこからの展開は早く、2016年にしょうゆ造りの仲間たちと「かずさ手づくり醤油の会『いい醤《ジャン》』」

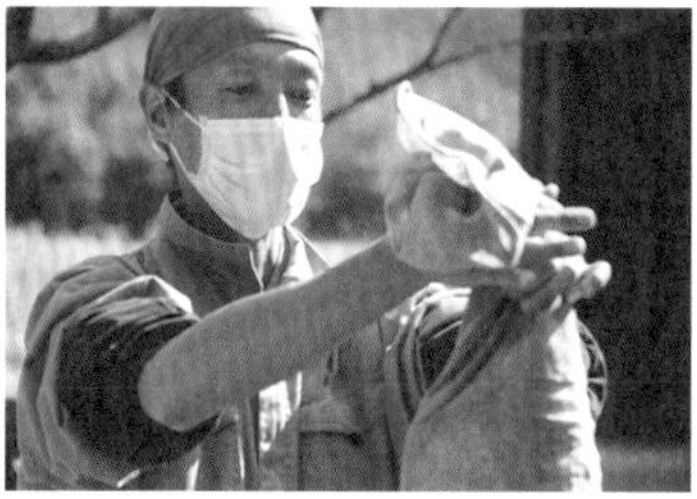

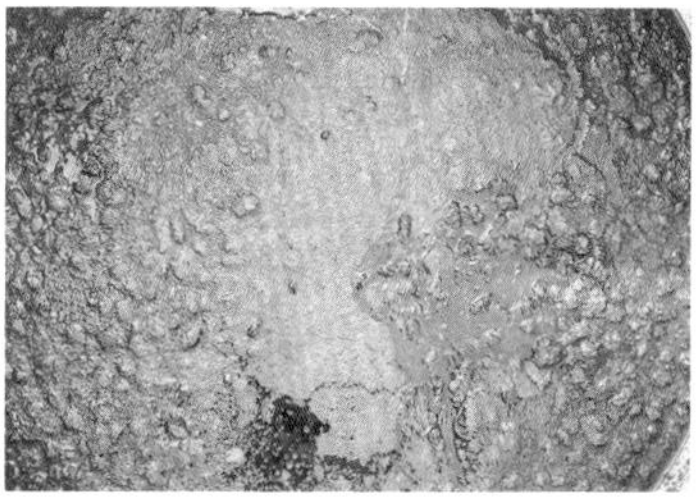

を発足させ、２０２３年現在、会員は約４５０家族、樽数は約72。

山野邉さんがひくてあまたで、搾り師が足りなくなりそうな状況になっている。そんななか、手塚さんの長女のめぐちゃんが岩崎さんのところに何度も通って、このほど搾り師になった。めぐちゃんはブラウンズフィールドの短期スタッフ経験者でもあるし、もろ手を挙げて応援したい。手造りしたしょうゆを楽しむ文化が地域にすっかり根付いてくれて、たくさんの子どもたちが、本物のおいしいしょうゆをナメナメぺろぺろしながら育ってくれていると思うと、本当にうれしい。


現在ブラウンズフィールドでは、ＢＦ小麦とＢＦ大豆で麹を作った麦しょうゆ1樽（約30升分）と、ＢＦ玄米とＢＦ大豆で麹を作って仕込んだ米しょうゆ1樽(約30升分)を天地返ししながら2年間発酵させ、山野邉さんに搾ってもらっている。

搾ったしょうゆかすもクッキーやふりかけ、「食べる米醤油」（米しょうゆのかすに薬味やごま油などをブレンドしたもの）などに加工して使い切っている（かすまで相当おいしい！）。

今使っているしょうゆは、３年前にいたスタッフが種を蒔《ま》き、自然

栽培で丁寧に育て、みんなで脱粒、豆選して、天地返しして、菌の力を借り、みんなの笑い声、話し声、歌声を聞きながら、ゆっくり発酵したしょうゆだ。3年前までさかのぼって感謝しながらいただくのは、とても感慨深いものがある。ありがたし。

ここ数年、岡本よりたかさんがいらして、自力で豆と麦からしょうゆ麹を作るワークショップをしてくださっている。家庭で一からできるしょうゆの造り方を丁寧に解説しつつ造り、1kgずつ持ち帰るので、麹から仕込める人が増えてきている。

しかも、前回は、そのWSで海水を汲んできて、薪で炊いて煮詰めて、塩水にして仕込んだ。要するに麹菌以外すべて自給のしょうゆができる予定だ（海水から塩まで作る経験は、日常しないとしても、何があっても生きていけるという自信がドンとつくのが不思議）。

地域で会社を立ち上げて、許可を取ってしょうゆを売る動きとか、小さな槽《ふね》をWSで造るとか、小さな槽で東京のマンションでも搾りをできるようにする動きとか、まだまだしょうゆの文化は形を変えて発展していきそう。

以前高嶺の花だったしょうゆ造りがこんなに身近になって、手を伸ばせば、そこに、お金には換算できない最高品質の、みんなの思いが凝縮したおいしいしょうゆがいつもある。というのは、なんとも豊かでありがたいことだなぁと、改めてしみじみと思っている。

鴨川自然王国（＊）……故藤本敏夫氏が創設した無農薬農場をもつ農事組合法人。現在は娘の Yae 夫妻が運営。

deco's story 9

塩

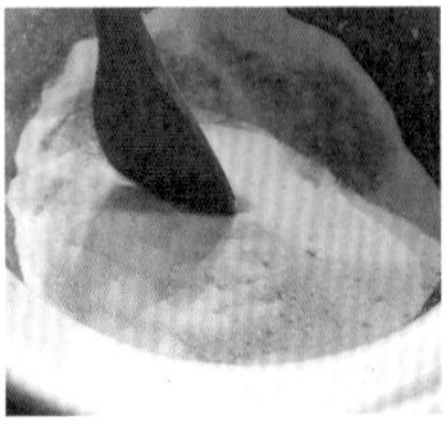

昨年末、スタッフのなんなんが「卒業記念プロジェクトで、岡本よりたかさんをお招きして、『塩炊き合宿』を開催したい」と言うので、塩炊き、初めてやってみた。

海水を汲んできて、ただただ薪で煮詰めて塩を作るだけ、という合宿なのに、よりたかさんのおかげで、12人も集まってくださり、ワイワイと楽しい合宿だった。多分、日常では作らないけれど、海の水と鍋と薪があれば、こんなにおいしく美しい塩ができるんだ！　という体験ができたのは貴重だった。

何があっても生きていける自信がもてた。やれば「できる」ということが「わかる」って、こんなに大事なことなんだね。

合宿のなかで、できたにがりで急遽《きゅうきょ》、ブラウンズフィールドの大豆と共に、豆腐も作ってみた。できたてにがりのせいなのか、大豆のおかげなのか、豆腐もおからも泣けるほどおいしかった！

deco's story 10

柿酢

ブラウンズフィールドに柿の木は6本ほどある。柿は、秋に何度か食べたら十分だし、ジュースにしてもジャムにしてもあまり人気がないので、採れた柿のほとんど全量で柿酢を作っている。

最初の頃は、恐る恐る少量作っていたけれど、簡単だし、失敗しないし、おいしいので、ついに、お酢を買わなくなった。ブラウンズフィールドの柿だけで、全量のお酢を年間自給。

リサイクルの一升瓶を保存に使うので、材料費も輸送コストも瓶代も要らないってこと。最高でしょ⁉

もちろん不作のときもあるので、そのときは、ご近所さんにお声がけして採らせてもらう。田舎って、素晴らしい。どこでも無肥料無農薬の柿が余っている。買って作るほどのことではないけれど、もし、採れる木が身近にあるなら、柿酢作り、絶対におすすめ。

フルーティーで、刺激の少ないお酢なので、パンチや塩味がほしいときは梅酢と合わせて使うとよいよ。

ちなみに、一番搾りは食用にして、二番搾りはリンスとして使用している。柿酢リンスは宿のお風呂に置いていて、お客様にも大好評！

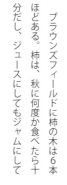

ＢＦ産米と大豆で１００～２００kgのみそ造り

ブラウンズフィールドでは、毎年３月頃にみそを仕込む。毎日のみそ汁は、みんなの健康を維持するための肝心要。量も多いので、スタッフ総出で気合いを入れて、いすみ市の加工場をお借りして造っている。

まず、前の年に自分たちで作った米を五分づきにして、水で研いで浸水する。大きな蒸し器で蒸して広げて、人肌に冷ます。麹菌を振りかけて、みんなでスリスリ、麹菌を万遍なく米につける。保温器で３日間保温して、途中切り返しつつ麹を作る。

３日目に自分たちで育てた大豆をゆでてつぶして、できた麹と塩を混ぜる。みんなで丸めて、樽に投げ入れて仕込む。お団子に丸めるのは、子どもたちも大活躍。最後に酒粕できっちりとふたをするのが、カビさせない秘訣。約１００kg。時には2回戦やって、２００kg仕込むことも。

手塩にかけて育てた大事な米と大事な大豆なので、失敗は許されない。かなり緊張するけれど、冬場みんなで取り組むみそ造りは、なくてはならない楽しい恒例行事となっている。

約2年ほど熟成させて、やっと日々の食卓にあがる。今いただくおいしいみそ汁は、2年前にいたスタッフたちと仕込んだみそ。そして、さらにその1年前にいたスタッフが種を蒔《ま》いた大豆と、種から苗を立て、手植えし、草をとり、秋に手刈りし、天日干しした米。こんな貴重な材料で作られていると思うと、ありがたさが細胞にしみ渡る感じがする。

もちろん、カフェや宿泊でお出しする料理にも、このおいしいみそがたっぷりと使われているので、心して味わってね。

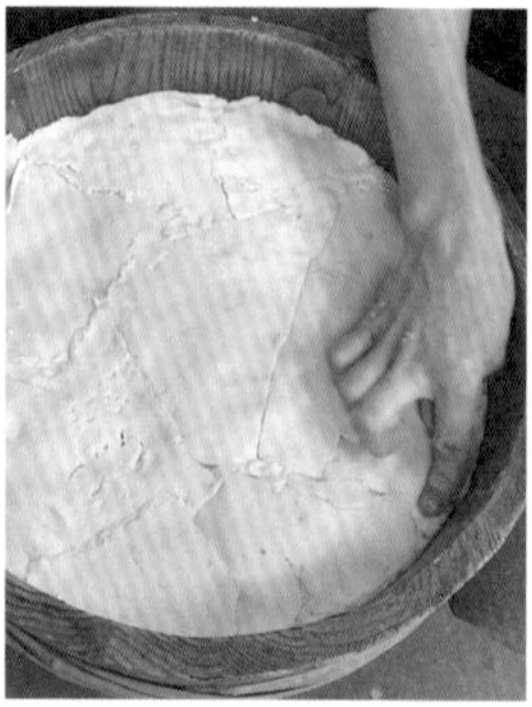

DECO'S
SUSTAINABLE LIFE

deco's story 11

酵素シロップ

酵素シロップは、材料を買ってまで作る必要はないと思っている。が、ブラウンズフィールドでは、農薬をかけたりしなくても、勝手にたわわになってくれるフルーツがあるし、ご近所さんからもいただけるので、年間いろんな酵素シロップを作っている。カボス、柚子、ブルーベリー、山桃、梅、ぶどう、プラムetc.

私は、特に梅が好き。これだけは、梅を買ってでも作っていただきたい。夏場、水筒に薄めの梅の酵素シロップドリンクを作って、ほんの少々梅酢を足して持って出る。梅に含まれるクエン酸は、疲労回復に効果的。夏バテしないし、熱中症対策にバッチリ。

ポ○リスエットなんて、買っている場合じゃないからね。ずっとおいしくて体にもよいし、ペットボトルはなるべく使わないようにしたいしね。

裏技だけど、梅酵素シロップのビール割り、泡がクリーミーになって、おいしくいただきすぎて危険（笑）。

もちろん、ドレッシングや煮物、スイーツ作りにもお役立ちなので試してみてね。

deco's story 12

ラフィア

兵庫県の「NIUfarm」の三宅幸江さんに教わってから、はまっているラフィア（ヤシの葉の部分を使用した天然素材）を使った帽子作り。毎年、サスティナブルスクールやスタッフの子たちに教えながら編んだり、孫の帽子を編んだりバッグを作ったりするので、ここ数年でなんだかんだ作品がたまってきていて楽しい。教えた人たちもそれぞれ個性的な帽子ができて、見せ合うのも楽しみ。

夏が近づくと、「今年はどんなラフィア帽を作ろうかな?」とワクワク。コードをひたすら編み編みするのも、ゾーンに入って心地よい。なにより、自分の好みの、自分にピッタリの、世界に一つの帽子を被ってお出かけしたり畑仕事したりできるのって、幸せすぎるぞ。

deco's story 13

セーター・靴下編み

リトアニアから一時帰国して、短期スタッフで来ていたのりちゃんが、いつも手編みのセーターを着ていた。とても軽くて暖かそう。聞けば、ただ一概に毛糸と言っても、羊の飼い方、毛の刈り方、紡ぎ方がいろいろあるとのこと。色も無染色でも、羊の個性でいろんな色があるってことを知った。

リトアニアに帰ったのりちゃんから、冬場に羊毛がどーんと届き、そこから、セーターやベストや靴下、帽子などを編んでいる。素人ながらめちゃめちゃ楽しい。

静岡で羊を飼って羊毛を紡ぎ、野菜やハーブで染色している夢屋のYumiさんと知り合ってからは、さらに羊熱が増している。Yumiさんは、羊を大事に飼って、自分の膝にのせて毛を刈り取り、洗って、カーディング（不純物をのぞいて、繊維をそろえる作業）したのち、足踏みの糸紡ぎ機で紡いでいる。

なので、Yumiさんの毛糸には、それぞれの羊の名前がついているの。そんな毛糸で編んだセーターは、着ていてもほっこりとした愛に包まれてとっても暖かい。

Scene 4
スタッフたちとの楽しくておいしい日々

DECO'S
SUSTAINABLE LIFE

DECO'S
SUSTAINABLE LIFE

若い子たちとの共同生活は毎日が事件

「他人と一緒に、よく何年も一緒に住めますね？」って、わりとよく聞かれる。ホント、それな。わかるわ。

実は、前の旦那に「ＷＷＯＯＦ（ウーフ・Ｐ25）のホストになって、人を受け入れましょう」って言われたとき、「無理無理。どこの誰だかわからん赤の他人を、家に受け入れるなんて……。こんなに小さな子どもがゴロゴロ居るのに、変な人が来て、悪影響があったらどうするの!?　だいたい、子どもたちの世話するのだけでいっぱいいっぱいなのに、ごはんや洗濯が増えた分、誰がするの〜？　私じゃんか！」って思う、至極フツ〜の主婦だったし。

あはは。今、これ書きながら、自分の意識の変わりように苦笑してる。結局、そのとき押し切られて、アメリカ人の大学生の男の子が来た。

が、その子が、ものすっごくいい子で。日本人より空気読めて、頼んだことをさっさと気持ちよくやってくれて、心配した料理も洗濯も掃除も、むしろやってくれて、ウチの子たちと楽しく遊んでくれて、犬の散歩や猫の世話も率先してやってくれて……etc.

ちょっと、そこの奥さん、旦那に、「ここに棚があったら便利なんだけどなぁ。作ってほしいな」って言っても、「この重い物を動かしてほしいな」って言っても、なかなかやってくれなくて、でも、何度も言うと余計に逆効果で、ずっとやってくれなくて、我慢を重ねてストレスどんどんたまる〜、って経験ありませんか？　私だけ？　（いや首を縦に振る音が聞こえる気がする。笑）

そんなこんなが一挙に解決。ストレスフリー。

ウチに来るのは海外の子が多かったので、母国の料理を教えてくれる。作ってくれる。日々おいしくて楽しい！

気をよくした私。少しずつウーファーの人数が増えていく。ウーファーだと滞在期間が短い人が多いので、ご縁のあった国内の人も受け入れて、だんだんと長めの滞在をお願いしてみる。

さらに、「季節を全部味わうのはどうかな？」とお誘いして、1年単位で入れ替わるスタッフチームが編成される。が、毎年入れ替わると、引き継ぎが上手にできないのに困って、2〜3年居ていただき、運営までお任せする長期スタッフが編成されていく（笑）。

結果、現在は、2年以上の長期の人7〜8人、1年の中期の人1〜2人、1〜3か月のボランティア短期スタッフが季節によって3〜6人。全部で13〜

15人くらいで、農担当、カフェ担当、母家を預かるメイン担当、「慈慈《じじ》の邸《いえ》」担当とわかれて、補い合いながら共同生活している状況となっている。

今まで何百人もの子たちを受け入れてきたけれど、どの子も、ものすっごくいい子たち。オーガニックファーム、基本菜食のふるいがあるからなのか、厚化粧でピンヒール履いて来る子はまずいない（それが悪いってわけではなく……）。

みんな、これからの日本や世界を危惧し、農的暮らし、マクロビオティックな食事、サステナブルな生活に興味があり、勉強し、実践していきたいと思っている志の高い若い子ばかり。

一般社会的にいったらニートたちかもだけど、みんな明るくて前向き。今まで社会でたくさん働いてきて、いろんなタイミングで会社や社会に疑問をもち、一区切りつけて、次のステップにいくまでの合間に来てくれる人も多い。

つまり、みんな電話応対ができ、パソコンも使いこなし、ＳＮＳ発信ができて、英語も自由に話せて、中には2～3か国語話せるような子もいて、ヨガや整体や料理やお菓子作りなどなど、いろんなスキルをもっている上に、持続可能な社会を目指そうとしてくれている。本当、素晴らしい子たちなの。

この子たちと一緒にいると、日本の未来に希望がもてる気がしてる。


話を戻そう。つまり、手のかかる5人の子どもと旦那を抱えて、ほとんどワンオペでこの広い所を回していたときは、まったく片付かず、掃除もできず、何も進まず、草も生え放題。収穫もほとんどない状態。

それが、共同生活をすることで、朝、私が玄関を掃除して神棚を整えている間に、洗濯、全部の床や畳の掃き拭き、トイレ掃除、コンポストトイレの世話、猫やヤギの世話、朝ごはん作りetc.、が整うとしたら？

そして、宿やカフェを運営し、米や麦や大豆を作り、調味料、加工品を作って販売し、イベントの立ち上げや発信etc.を、みんなで運営し、その収入で私を含めてみんなでおいしく食べて楽しく生活することができるとしたら？

私が一人では何もできない人なだけに、もう、本当にありがたい、でしかない。

とはいっても、もちろん、いろんなことが起こりえる。毎日が事件、と言っても過言ではない（笑）。

ふと、気がつくと、お気に入りの皿が猫の餌入れになってたり、皿を拭こうとして手にしたウエスが行方不明になっていた自分のTシャツの端切れだったり……。

そんなことはかわいいほうで、最近も、

「ちょっと車ぶつけて、バンパー外れちゃいました～」

「カフェにぶつけて、穴あけちゃいました」（誰も怪我《けが》なくてよかったよ）

「しょうゆの樽にアライグマが飛び込んだみたいです」（マジで!?）

「デコさん、すみません。売り切れって言ってたポンセンですが、なぜか100個出てきました」（なぜ～？どこから～？・）

「一晩外に出しっぱなしにしたしょうが、凍っちゃって全滅です」（うそ～！・）

「米、全部籾《もみ》すりしちゃって、今年蒔《ま》く種籾ありません……」（えっ⁉）

「今年の米のとれ高、すごいです！」（よかったね～。じゃ、おせんべの加工に回そう！）

「と思ったのですが、籾すりしたら、思ったより少なくなって……。今年の米足りそうにないです」（あらら、加工に出しちゃったよ。後半、おせんべ食べるしかないんか～い）

エトセトラ、エトセトラ……。

でも、そんなこんなも、米、麦、豆や野菜を収穫する喜び、毎食みんなでおいしいごはんを作って囲み、「おいしいね」って笑い合う日々、イベントや出店やお祭りを企画してやり切る楽しさのほうが、ずっと勝るわけで。

みんなで、知恵を絞って問題解決していくのもおもしろい。まさに、「生きてるだけで、いいんじゃない」「うけたもう！」（P218）の境地になる。

大変なことはわかち合い、楽しいことは何倍にもなる。血のつながりはないけど家族、のような共同生活になっている。

年々、来てくれる子たちとの歳が開いていくけれど、若い人たちの考え方を学び、エネルギーに触れ、おかげさまで、気持ちだけは若くいられている気がする。

みんなが卒業しても、時々帰ってきて、「こんな場所で、こんな仕事をしています」の報告や、結婚して子どもを作って連れてきてくれたりするのが、至福のとき。

これからも、いつでも帰ってくることのできる、ブラウンズフィールドファミリーみんなの実家として、ゆるゆると共同生活をしていきたいと思っている。

deco's story 14

ワークパーティ

アメリカに留学していたショウくんが、農スタッフとしてやって来て、「アメリカで『ワークパーティ』ってのに参加したことがあって、めっちゃ楽しかったんですよ。同じようなこと、やらせてもらってもいいですか?」と言う。

聞けば、ただただ、土いじりして働いていただくだけ。何も教えるわけでもないと言う。「え〜!? ぶっちゃけただのボランティアだよね? 募集したとしても誰か来るかな〜?」と私。

ところが、やってみたらなんだかんだと応募があり、盛り上がっている。ん〜、若い人って素晴らしい。そして、ネーミング大事。おばぁの私が、「ボランティア募集中なんですが、草むしりお願いできませんかね?」って言うのと、アメリカ帰りの若くてかっこいいショウくんが、「ヘイベイベー、ワークパーティしようぜ!」って言うのでは、同じ内容なのに、雲泥の差なわけ（笑）。

お弁当も持ち込み自由だけど、「ライステラスカフェ」でめしあがりたい人は、そちらも利用していただいている。参加費無料だけど、楽しんだ分だけドネーションは受け付けている。農隊の仕事もはかどって、参加者も土や自然と向き合って汗流して楽しんで、三方よし。

ショウくんが卒業したあとも、月1回のペースでやっているワークパーティ。ワイワイガヤガヤ、はたまた黙々と土と向き合って楽しみたい人はぜひどうぞ。

deco's story 15

Little Eagle 展示会

ずいぶんと以前から、「Little Eagle（リトルイーグル）を知らないの？」とか、「Kaoriko《かおりこ》さんとまだ会ってないの？　絶対気が合うと思うのだけど」と言われていて、気になる存在だったKaorikoさんに、2018年、兵庫の六甲でやっとお会いすることができた。本当に素敵な人で、彼女も彼女の作品もいっぺんに好きになった。

その後、ありがたいことに、毎年ゴールデンウィークにLittle Eagleの展示販売を「慈慈の邸」の「JIJI蔵ギャラリー」で開催していただいている。お客様のみならず、スタッフの子たちも娘たちもLittle Eagleのファンになって、毎年Kaorikoさんたちが来るのを楽しみにしている。

さらに、Kaorikoさんの娘さん、りょおちゃんに、写真を撮ってもらって、私と舞宙《まちね》音《あん》と安海でリトルイーグルのオンラインショップのモデルもさせてもらったりした。家族ぐるみのおつきあいをさせてもらってありがたい。

身につけるものは、できれば自分で作りたい。自分で作れないのであれば、大量生産されたものでなく、人の手で作られたりデザインされたものを着たい。その人のエネルギーをまといたい。

でも、それって食べものも同じだね。自分で作るか、大好きな人のエネルギーが入った、作り手さんや生産者さんの顔が見えるものをいただくのがよいよね。

BFウエディングは幸せのお裾分け

ブラウンズフィールドのスタッフ同士で結婚したカップルは、この24年間で、ざっと思い出しても15組以上になるだろうか。みんな同じような価値観を共有しているし、一緒に住んでいると仕事の仕方も暮らし方もすっかり透けて見えてしまうので、本質を隠しようがなく。その上で好きになるので、うまくいく確率が多いように思う（もちろん、三角関係の泥沼もたまにあるけどね。笑）。

そのなかでもウチの娘たち含めて何組か、ブラウンズフィールドでガーデンウエディングをしてくれたのは、とても楽しい思い出となっている。

ティルとさやかさんは、家族プラス少人数の友達が集まって、さやかさんらしい穏やかで凛とした結婚式だった。鴨川自然王国（P110）のYae《やえ》さんから借りた縄文的な白装束が似合ってたな（Yaeさんの結婚式に、「うさと」のさとううさぶろうさんがプレゼントした婚礼衣装なのだそう）。

スピッツさんとモモちゃんは、小さなティピを建てて人前結婚式だった。トラクターで入場したのが印象的。モモちゃんの衣装もお友達の手作りで、ネイティブアメリカン風でかわいかったな。

２００９年の長女の子嶺麻《しねま》と洋介さんの結婚式は盛大だった。ブラウンズフィールドの庭に４００〜５００人もの人が集まった。元フジテレビアナウンサー山川建夫さんが司会をし、歌や踊りや餅つき。そして、ごちそうは、招待者のみなさんが1品持ち寄るというポットラック形式のめずらしい結婚式。

ポットラックなら、一人一人が自分がお腹いっぱいになる分のごはんを持ち寄るだけで、何人増えてもみ〜んながお腹いっぱいになる計算だ。さすが、子嶺麻。でも、私は久しぶりにお目にかかった人たちへのご挨拶が忙しくて、1品持ち寄りのテントまで行きつけなかったのが残念だった。

私は子どもを5人産んだけど、子どもが結婚するとさらに子どもが増えるんだ！と、洋介さんという義理の息子が増え、改めてリアルに感じた日だった。この時点では、洋介さんのご両親、子嶺麻の父とその結婚相手、そして私と当時の夫のE氏、と6人の両親へ花束贈呈。これまたレアな結婚式だった（笑）。

２０１８年に直己くんと安海《あん》ちゃんが結婚式をしたのは、二人の娘の凛ちゃんが5か月のとき。安海ちゃん、とっても美しかったな〜。器用な直己くんが、看板やら飾り付けを手作り。二人で踊るウエディングダンスにもチャ

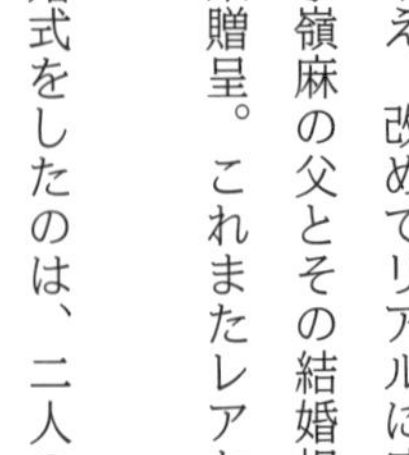

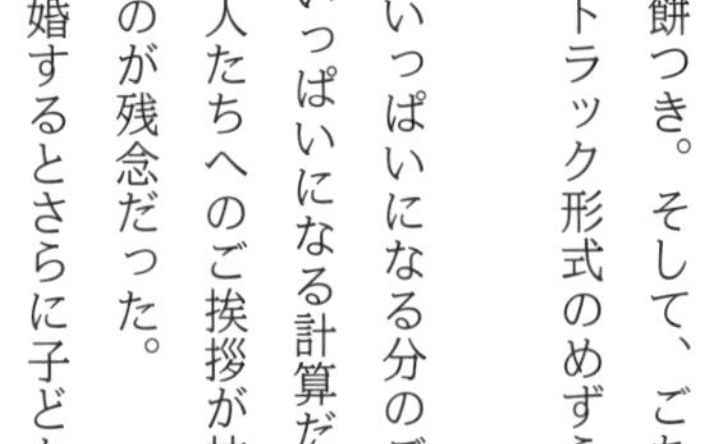

レンジ。エド・シーランの「パーフェクト」という曲に合わせて、私が振り付けした。

王子様的直己くんと、それはそれは美しい安海ちゃん。愛にあふれていて、少しだけぎこちないのがまたよくて……。動画を見ると、今でもうっとりしちゃう。

スタッフの優ちゃんとケンちゃんの結婚式は、ケンちゃんの友人の有名なシェフYaoさんをタイから呼んだり、二人の行きつけのレストランのシェフを呼んだり、「優ちゃんのためなら」と、ブラウンズフィールドスタッフも腕によりをかけて料理を作ったり、ごちそうが素晴らしかった。私も、孫のほの波《わ》と3段重ねケーキにチャレンジしたのが楽しかったなぁ。

優ちゃんもため息が出るほど美しくて。このときの二人のダンスもかわいくって、洗練された感動の結婚式だった。

どの結婚式も、全部自分たちで企画するので、食事やケーキや花、飾り付け、招待状、配置、動線、引き出物、宿泊、送迎、プログラム、ドレス、ヘアメイク、写真、ムービーなどなど、手配するのが本当に大変そうだけど、その分充実感も達成感も半端なく。友達たちも総出で手伝う愛のあるほっこ

りしたガーデン結婚式。毎回本当に幸せのお裾分けをいただいた。

私が若いときは、「結婚式なんて、お金はかかるし、親戚の見せ物になるのも嫌だし、何が悲しくてやらなきゃいけないの?」と思っていたものだったけど、こんなにまわりが幸せな気持ちになるのなら、そして、親にとっては七五三の延長のような楽しみの一つなのだから、少し我慢してでもやってあげたらよかったな。

病床の、今は亡き父が、「結婚式はしないのか?」とポツリと言った残念そうな顔を思い出すたび、深く反省している。お父さん、ごめんね。

スタッフ卒業生が各地で驚きの活躍

「デコさん、今時間あります? ちょっといいですか?」と、スタッフの子に言われるとドキッとする。改まって話があるときはたいがいがよくないお知らせ(笑)。まずは深呼吸。口角を上げて。「生きてるだけで、いいんじゃない。死ぬこと以外はかすり傷!」と、心の中で唱えてから耳を傾けると、「耕運機、壊しました」「水が出ません」「車のバックドア引っ掛けて外してしまい、開け閉めできません」「梅干し、雨にぬらしちゃいました」……etc.って聞いても、あら不思議。なんでもないじゃん、なんとでもなるって、って思える(笑)。

ブラウンズフィールドのスタッフは、どんどん入れ替わるし、言ってしまえば全員「明るいニートの素人集団」なので、日々のある程度の事件は想定内。時々は、「ちょっといいですか?」のあとに、「僕たち結婚します」「赤ちゃんできました」なんて、うれしいお知らせもやってきて、小躍りする。この二十数年間、短期、中期、長期、一体何人のスタッフが入れ替わり立ち替わりブラウンズフィールドを支え、作り上げてくれたんだろう？　数えたことがないので、まったくわからないが、みんな本当によくやってくれている。

自分のホームグラウンドを離れ、夏は暑く、虫や小動物がいっぱいで、冬は極寒で、家の中でもダウンとニット帽という過酷な環境に飛び込み、自分のスキルを生かして共同生活の中で2〜3年働く。しかも、働く時間と私生活の時間とお休みの時間が限りなくグレーだから、朝早くから夜遅くまで、自主的ブラック企業になってることも（笑）。

人生の大事な一コマを一緒に過ごしてくれて、本当にありがたいし、頭が下がる。感謝しても感謝しても、し足りない。ありがとうね。しかも、ブラウンズフィールドに来る子は、なぜだろう？　みんな優しくてかわいくて、よく働くいい子だ。私の若い頃とは大違い。むしろ、スタッフの気遣いや優しさに触れて、私もよい影響を受けてきたように思う。

初期の頃、見た目も心も品があって美しく、率先してよく働く、さやかさんという女性がいた。家族のように安心して、すべてを任せられた人なので、いつまでも居てほしかった。3年半ほど居て卒業を決め、出ていくときは、本当に寂しく悲しかった。

数年後、そのことをさやかさんに伝えると、「デコさん、それは違います。みんな卒業しても、ブラウンズフィールドで過ごした有意義な時間を胸に、遠くから近くから、ブラウンズフィールドを思って応援して、支えているんです。だから、少しも悲しむ必要なんてないですよ」とのお言葉。さやかさんの優しさと、執着していた自分に気がついて泣いた。そこから、ずいぶんスタッフを手放すのが楽になった。手放せば手放すほど、応援してくれる人が増え、風通しがよくなり、新しい出会いが増えていくわけだ。手放さないと入ってこない。何にでも通じる真理だね。

その後さやかさんは、ブラウンズフィールドに短期で来ていたティルというドイツ人男性と結婚。結婚式もブラウンズフィールドの庭で執りおこなった（P135）。今では、長野の山形村で、「ビオランド」というオーガニックドイツパンと菓子の店を展開していて、「ナチュア」というグルテンフリーでヴィーガンなおやつを、青山の「ナチュラルハウス」はじめ全国に卸している。とってもかわいい4人の子どもたちに恵まれ、幸せに過ごしている。

他にも、ざっと思い返してもたくさんの卒業生がいて、活躍している人がすごく多いのにも驚かされる。

鉄平くんは、卒業後、旅する八百屋「青果ミコト屋」を始めたが、今では横浜に店をもち、規格に合わなくて売れない「もったいない野菜」などで作るアイスクリーム専門店「KIKI NATURAL ICECREAM」でも有名になっている。

いいなちゃんは、iinaの名前でヴィーガン料理家として活躍。吉祥寺のスタジオで斬新でクリエイティブなヴィーガン料理教室を展開している。彼女のセンスは相当ビビッドでおもしろい。『SUSHI MODOKI』が海外（英語、ポルトガル語、フランス語）で出版されていて、最新刊『ヴィーガンフード、はじめの一歩！』も好評発売中。

なかじは、ブラウンズフィールド卒業後、自然酒蔵元の「寺田本家」に8年間勤め、蔵人頭となった。その後株式会社「麹の学校」として独立し、オンラインスクール「麹の学校」を立ち上げ、麹文化研究家として麹WSツアーで各国を巡り、世界中に生徒さんがいる。料理本もたくさん書いているが、近著では『麹本〜KOJI for LIFE』を農文協から出版。

イカちゃんは、ライステラスカフェに来たお客さんに見そめられて結婚し、2人で長野の旧四賀村の古民家を改築して「KAJIYA」としてカフェ&ギャラリーを経営。そして、2023年10月に1棟貸しの宿「山道」をオープン。元気な2人の男の子も子育て中。

育さんは、「PATISSERIE ikushiro.」として熊本でヴィーガンスイーツを製造販売している。普通のパティシエだった育さんが、ブラウンズフィールドに来てからヴィーガンに転向。彼のケーキは素晴らしい！スタッフの誕生日には、その子のイメージに合わせて、ホールケーキを焼いてくれていた。私の誕生日に作ってくれた、地球を模したドーム型ケーキは忘れられない。世界に誇れるヴィーガンパティシエだと思う。

愛知県（一宮市）で「こぼれたねり」という屋号で、〝種を蒔《ま》くところから人の口に入るまでの物語〟を大切にして、畑を耕し、種をつなぎ、育てた野菜や豆を使って、お弁当やケータリング、料理教室をしているのはまなみちゃん。

きっちゃんと航くんもブラウンズフィールドで出会って結婚し、九州の南島原で「ありえと」というそうめん工場の跡地でかわいい場所を作り、イベント、カフェを運営。宿泊も始めたそうだ。

長崎の琴海では、のんちゃんもブラウンズフィールドで出会ったご主人てっちゃんと、行列ができる無添加の中華そば屋さん「啄木鳥《きつつき》」を経営。海を一望できる自宅の山では、子育てしながら、果樹園、家庭菜園をし、1組限定の宿もオープン予定。

ズッダヨガのウェイロン氏に師事し、すっかりヨギーとなった優ちゃんとじゅんじゅん。優ちゃんは熊本で、旦那さんのケンちゃんと一緒にヨガ、養生食、チネイザンを広める活動をしている。じゅんじゅんは、語学力を生かし、ヨガ哲学の通訳をしている。

猫のポテトと一緒に卒業したクリリンは、奥会津の醸造所「ねっか」で、どぶろくの醸造販売をしつつ、またたび細工製作やごはん会を開催して、のんびり暮らしている。

農担当の崇也くんとカフェ店長だった里奈ちゃん。今ではすっかりヒーラーとして活躍していて、今度ブラウンズフィールドでイベントを開催してくれる

そう。

　ブラウンズフィールドに家族で来て働いていた、ジャスティンとみゆきさんは、しばらくいすみ市のコミュニティで暮らしたあと渡米。ジャスティンは、アーカンソー州初の酒造「Origami Sake」を立ち上げて、醸造責任者として活躍中！

　サティは元からヨガの先生だったが、卒業後、ブラウンズフィールドを全米ヨガアライアンスの認定校として登録までして、ヨガのティーチャーズトレーニングを開催してくれている。

　近所では、モモちゃんとスピッツさんが「momosuke」という屋号であちこちのマーケットに出店。モモちゃんの作る台湾料理は、いつもすぐに売り切れてしまう。

　ご夫婦でブラウンズフィールドに来たティーちゃんとたろうさん。卒業のあともご近所に残り、たろうさんは本名で『「小商い」で自由にくらす』という本を書き（P12）、文字通りティーちゃんは「アナザー ベリー ケイクス」という小商いを立ち上げた。ティーちゃんの作る美しいヴィーガンケーキの人気はすごい。最近始めた実店舗でも、出店でも、瞬く間に売り切れてしまう。

　なんなんもご近所で、「75082（ななこおやつ）」としてケータリングや出

店で活躍中。

鴨川の「苗目」にてっちゃんが就職し、いすみの「つるかめ農園」にはショウくんが就職。イケメンズが就農し、農業のイメージがずいぶんとカッコよくなっているようだ。

たつさんは、岡本よりたかさんの弟子チーム耕師《たがやしし》（P206）となり、「畦風」という会社も立ち上げ、畑や田んぼも広げて、自給農の講師としても活躍中。まだまだいっぱい！　書ききれない！　あちこちで、ブラウンズフィールド卒業生たちが活躍している。本当に頼もしいな。みんなとの思い出も、走馬灯のように駆け巡る。私が「遊びに行くよ」って言うと、誰も断れないので（笑）、私が気兼ねなく行ける場所が世界中にあるし、外孫（？）も続々と生まれている。本当に幸せなことだよね。


ブラウンズフィールドは、私が何かを手取り足取り教えるってことは、申し訳ないけど、まったくしていない。むしろ、私がみんなのお世話になっている状態。暮らしのなかで自由に学び、スキルアップしていただいている。でも、一つだけ自信をもって言えることがある。ここにいると、同じ方向を向いた仲間たち、お客さん、ブラウンズフィールドファミリー、ご近所さんなどなど、

みなさん本当に素敵な人ばかりなので、縦にも横にも広がりとつながりを得るのは、自分次第ではあるけれど、無限大！　これは、絶対生涯の宝物になる。

ブラウンズフィールドに来てもらいたい人として、ポイントにしていることが3つある。

1．笑顔　2．体力　3．コミュニケーション能力

顔の造作や年齢は関係ない。心からの笑顔って本当に美しい。人を幸せにする。特に生活が一緒だと、苦虫を嚙んだようなご機嫌の悪い人が一人でもいると、全体が落ちる。要するに、自己管理できて自分の機嫌をきちんと取り、笑顔でいられるのは大事ってこと。

体力は、田舎暮らし必須。結局体力がある人が自分のことをやった上で、人にも優しくなれる余裕があると思われる。もちろん、健康は大前提。

コミュニケーション能力。これは集団生活で一番大事。報告・連絡・相談のほうれんそうがないと成り立たない。

この3つがあって、向いてる方向、大事にするものが一緒だったら、もう大丈夫。スキルや経験はあとからついてくるものなんだと、スタッフの成長ぶりを見ていて日々感心している。なので、スキルがあっても笑顔が少なくコミュニケーションが取りづらい人と、スキルはまったくなくても元気いっぱいで笑

顔が素敵な人が同時にいらしたとしたら、間違いなく後者の方にお願いする。スキルがない分、お客様へのサービスに滞りがある場合があるかもしれないが、それはもう仕方がない。私たちスタッフのおいしくて楽しい生活が基本。その愛があふれた上で、おもてなしするのがサステナブルだと思うから。

最近はインターネットのおかげなのか、若い人たちが環境問題や動物愛護精神、世界的トレンドなどから、ベジタリアンやヴィーガンになり、マクロビオティックにも興味をもち、農的暮らしに目覚めて、ブラウンズフィールドに応募してくる人も多い。今、農担当している笑顔のかわいいトミーくんは、鼻の下に輪っかのピアスをつけている。「鼻ピしているおしゃれな男の子が、農でがんばれるのかな?」と思っていたのだが、ある日、「そのピアス、おしゃれでしているの?」って聞いてみた。

「いえ。3年前SNSで、動物実験や畜産業において牛をはじめ様々な動物たちが、劣悪な環境で飼われ、牛乳を搾られたり、人間の都合で肉をとるために殺されさばかれているひどい様子を見て、そこから僕はヴィーガンになったんです。顔を洗うとき、鏡を見る度に、鼻に輪っかをつけられた牛や、今この瞬間も世界中で苦しむ動物たちの存在を思い出し、自分を戒めるためにつけてます」

「え~っ!?　マジ?　そっち~!?」

よい意味で、若いスタッフには日々驚かされ、学ばせてもらい、勉強になっている。世の末をずっと心配していたけれど、未来は意外と捨てたもんじゃないのかもしれない。

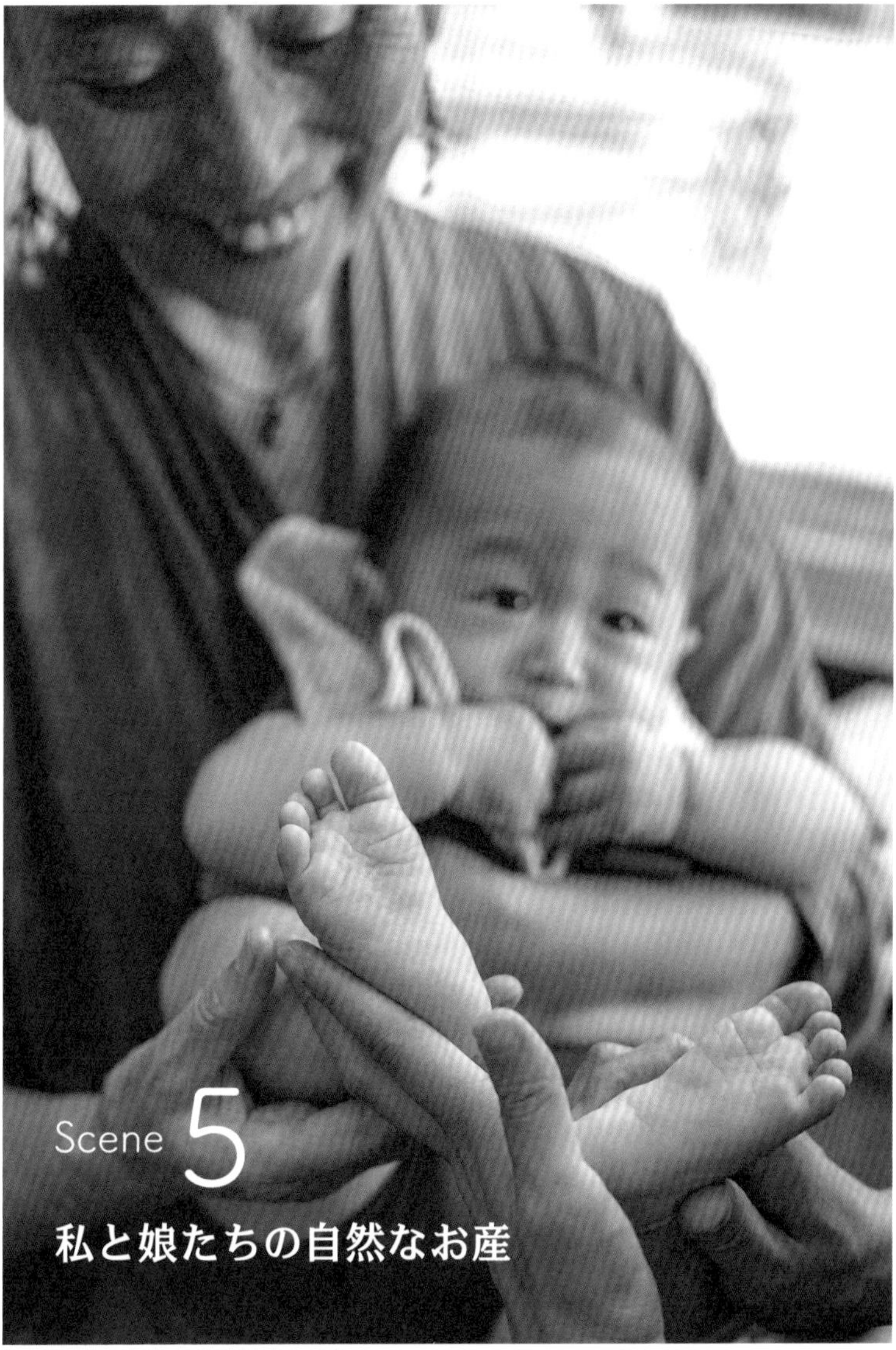

Scene 5
私と娘たちの自然なお産

DECO'S
SUSTAINABLE LIFE

初めてのお産は病院内で助産師が介助

私は、四人姉妹の長女として生まれ育った。次々増える妹たちがかわいかったし、小さな平屋に住み、家族でちゃぶ台を囲み、素朴なおかずをみんなでつつきあって食べ、おやつやパンを姉妹でけんかしながらも分け合って食べた。そんな昭和な暮らしが楽しかったので、自分も将来子どもをたくさん産みたいと自然に思うようになっていた。

ところが、血液型がRhマイナスとわかり、「Rhプラスの男性と結婚した場合、生まれた子は血液型不適合を起こすので、血液交換をする場合もあるし、何人も産めない」と生物の先生に言われ、ショックを受けた。

その後、マクロビオティックに出会い、「食事でもっと自分の生命体としてのポテンシャルを上げれば、不可能なんてない」って思えるようになった。

「昔の人は血液型を調べなくても、7人も8人も畳の上で産んでいるじゃん。私だって自然な出産ができるはず。たくさん子どもを産めるはず」と、むしろ、私にとって出産は、マクロビオティックで、いかに自然な出産ができるかの、自分自身を使った人体実験という形のチャレンジだったのかもしれない。

だけど、第一子を妊娠してみると、やはり世間の壁は険しく、どこの助産院に行っても、血液型を理由に追い返される。

「あなたみたいなわがままな人がいるから困るのよ。さっさと大学病院に行きなさい。助産院で産もうなんて、母親失格だね」とまで言われ、泣きながら家に帰った（今ならほほえんで言い返せるのだけど、若かったからね〜）。

友人から、助産師さんが病院で取りあげてくれるというシステムがあると聞いて、松村さんという助産師さんに頼み、江戸川区の病院の分娩室で自然分娩で取りあげてもらうことになった。


初めての出産は、かなり痛かった。

「人間の長い歴史のなか、多かれ少なかれ、女性はこんな痛みを伴いながら子どもを産んできたの？　こんなに痛いのに、人間が増え続けたの？　意味がわからん。ありえん。世界中のお母さんというお母さんは、みんなすごすぎる！」と陣痛の波を乗り越えながら思っていた。


病院の分娩室って、あとあと考えると本当にひどい。タイル張りの冷たい部屋。全然踏んばれない体勢で、分娩台に足を縛りつけられ、お股に照明を当てられる。器具のガチャガチャとした音。消毒の匂い。とても、人生の始まりを祝福するような場所ではない。

病院側の先生は、部屋の隅で見守っているのだが、分娩費用が自分に入らないのがおもしろくないのか、あろうことか、タバコの煙の匂いがした。そして最後にチェックをして、少し切れた会陰をバシバシッとクリップでとめた態度も最悪だった。

「病院では二度と産まない」って心に誓ったよ。

なにはともあれ、1984年4月14日。一人目、子嶺麻《しねま》を出産。色白で、桜貝のような色のほっぺをしたかわいい赤ちゃんだった。

助産院でいろいろ要求もした二人目のお産

病院では産まない決心をした私。二人目を妊娠したとき、どうしようかと考えあぐねた。結果、実家の近くの大森の助産院に頭を下げに行った。

「私、血液型はRhマイナスO型です。でも、決してこちらにご迷惑をかけないように努力します。毎月、大学病院でちゃんと血液検査もしてもらってきます。どうか出産時は、こちらでお世話にならせてもらえませんでしょうか？」

渋ってはいたが、受けてもらえることになった。

さすが、助産院だけあって、「赤ちゃんを石鹸で洗わないで」とか、「陣痛促進剤は使わないで」とか、「会陰切開はしないで」とか、「点滴、注射、ワクチンは打ちません」「産後は母子同室に」「砂糖水、飲ませません」「完全母乳で」……etc. などの私のわがままを全部聞き入れてくれた。

その助産院は、ラマーズ法を取り入れていた。ラマーズ法、最近ではあまり聞かないが、出産時に痛みやストレスを軽減するための呼吸法のテクニックらしく、妊娠中の健診のときから呼吸法を練習した。

いざ出産時。私は、二度目の経験だからか、どのくらい時間がかかって、どのあたりが痛くなるかも想像がついていたので、精神的にも落ち着いていた。

なので、分娩中に、「さぁ、今ですよ。大きく息を吸って〜。ヒッ、ヒッ、フゥーと息を吐いて！　はい、ヒッ、ヒッ、フゥー！」と言われても、大袈裟《おおげさ》に表現してくれる助産師さんがむしろ滑稽で、「息は吸いたいときに吸って、吐きたいときに吐くから、もう少し静かにしてほしいんですけど……。ラマーズ法はもういいかな」と思っている醒《さ》めた自分がいた（苦笑）。

ということで、1986年2月5日。次女、舞宙音《まちね》誕生。色黒で、小さな小豆《あずき》粒のようなかわいい女の子だった。

出産後の請求書欄に、胎盤処理料2万円という項目があった。胎盤は、私と赤ちゃんの絆で、共有の財産だったはずなのに、何も知らされず処理されて、業者に引き渡されるの？　私が処理料を払って!?

しかも、業者はプラセンタとして、化粧品会社や製薬会社に売ると聞いた。あれ？　業者、二重取りなの？　どうも、納得がいかない。

次回は、「胎盤を誰にも渡さないぞ」って思った。

自宅分娩で気づきを得た三人目の出産

1989年12月24日。三人目、寧泳《ねお》のときは、自宅分娩に挑戦。陣痛が来て慌てて移動する必要もなく、生活の流れのなかで出産できる。上の子たちを預ける必要もなく、一緒にいられるし、自分の慣れ親しんだ家具や布団、食器、食品に囲まれ、かなり安心して気持ちよく出産できる。これは本当に素晴らしい！　おすすめです！　と、今更私が力を込めて言わずとも、ひと昔前の日本では「当たり前」だったわけだよね。

Rhマイナスの件はどうしたかというと、だいたいどの数値がどう安定していたら大丈夫なのかがわかってきたので、毎月大学病院で健診と血液検査を受け、最後に「里帰り出産で産むので」と言って、そのままフェイドアウト（よい子は真似をしないでね）。

出産は、自宅分娩を介助してくれる80歳代の助産師さんに頼んだ。なぜなら血液型のことなど一切問い詰めないからね。

23日の夜、上の子どもたちのためにクリスマスケーキを焼き、サンタさんの用意をした。その夜中、陣痛が10分間隔になってきたので、助産師さんに電話をしたのだが、なかなかやって来ない。2階の部屋で陣痛の波を乗り越えつつ待っていたら、やっとタクシーで到着。階段を、ヨッコラヨッコラ一段ずつのぼってくる足音がする。

助産師さんは、私を診察するやいなや、「あらあら、もう出かかっているじゃないの。まったく、もう！　手を洗う暇もありゃしない！」って怒られた（笑）。

そのとき、出産って、助産師さんが「取りあげる」のではなく、私ががんばって「産む」でもなく、熟したりんごが木から落ちるように、健康な母体で元気な赤ちゃんだったら、赤ちゃんが好きなときに自然に出てくるだけなんだね!?　助産師さんやお母さんは、ちょっとだけそのお手伝いをしてあげてるだけなんだね、って、三人目にしてやっと気がついた。

「次回は、究極な自然プライベート出産ができるかも？」と頭をよぎった。

胎盤は、もちろん誰にも渡さず、庭に埋めて植樹した。

四人目はバリ島でリゾートプライベート出産

1994年、四人目、安海《あん》の出産予定日は夏休み後半だった。子どもの頭数が増えてきて、上の子たちと夏休み中家にいるには暑くて狭い。そして、東京の熱帯夜は最悪だ。しかも、その時点で私は、「母子家庭なのに妊婦」というちょっと、めずらしい状況だった。

その頃の私たちの暮らしには、とても手が出せなかったクーラーを買おうか迷った。でも、もしかして、クーラーを我慢してその分を確保し、助産師さんに介助を頼まず、出産手当をもらい、東京での生活費を回し、物価の安い所に行けば……、リゾートプライベート出産できるかも!?

その頃のパートナーが偶然バリ島に出張になったり、航空会社によっては、妊娠後期に飛行機に乗れないのだが、その許可をくれる医師が現れたりと、いろんな偶然が後押し。調味料や圧力鍋、ベビー服や布おむつまで持って、夏休み前から子ども3人を連れてバリ島に飛んだ。


キッチン付きバンガローをウブドで借り（当時1か月約4万円）、バンガローの管理人さんに頼んで、マディという、かわいい10代の女の子をお手伝いさんで雇った（当時1か月約1万円）。

マディに個人マクロビオティックレッスンをし、私が出産したあとのために、私や子どもたちのごはんやおやつの作り方を教えた。

掃除や洗濯、子どもたちの世話まで、全部マディがやってくれて、本当に助かった。


8月20日、ウブドの市場で足を滑らせてちょっと転び、その後おしるしがあった。子どもたちを眠りにつかせ、2階のバルコニーに出ると、かすかにスパイスの香りを帯びた湿って暖かい風が吹き抜けていた。目の前には田園

が広がっている。さらに向こうの黒いシルエットのジャングルから、大きな丸い月が昇り、稲が黄金色に輝き始めた。

パートナーは、他の島に仕事に行ったまま帰ってこない。「そろそろ始まる。一人で受けてたつしかない」。覚悟を決めた。

三陰交や至陰のツボに、持ってきたお灸をしたり、梅しょう番茶（＊1）を作って飲んだり、テルミー（＊2）でお股を燻蒸《くんじょう》したり、とにかく一人でできる限りのことをしながら、静かに時を待った。

21日、朝5時。ちょうど満月が満ちたとき。ちょっと疲れてウトウトしていたら大きな波が来て、横になった姿勢のまま力んだ。と同時に、安海ちゃんが、ものすごい勢いで飛び出した。

そこからは、スローモーションビデオのような記憶になっている。

ゆっくりと安海がベッドで弾み、偶然とは思うけど、私の股の間からこちらに向かって手を振った。「ハ〜イ、お母さん！」「わぁ、この世界にようこそ！」と私もご挨拶。

と、同時に、「ここは、高めのベッドの上。床は白いタイル。このまま落ちたら大変！」と頭をよぎった。が、へその緒がつながっているではないか。これこそ、本当に命綱だ！

私の叫び声を聞いて起きたのか、子どもたちが2階から下りてきた。

「お母さん！　大丈夫？　何したらいい？」

「管理人のおばさんを呼んできてね」

「わかった！」
使命を一身に受け、庭を抜けて走っていく子嶺麻《しねま》と舞宙音《まちね》の小さな背中が、かわいくて頼もしかったな。

管理人のおばさんにシーツを替えてもらい、着替えた。手元には、洗面器に入った大きな胎盤とへその緒でつながった赤ちゃん。

さて。どこを切るの？　そこまで考えていなかったので戸惑った。とりあえず、赤ちゃんから10㎝くらいのところを、消毒しておいたハサミで切り、お腹にばんそうこうで貼りつけた。

私は普段、進んではお肉はいただかないが、哺乳類のほとんどが、出産後に胎盤を食し、産後の肥立ちのためにもよい、と誰かから聞いていたので、一人出産、異国の地、とにかく、よいとされることはなんでもしてみようと、生の胎盤を切って食べていた。

そこに管理人のおばさんがやって来た。私の英語は片言。インドネシア語はまったくわからない。おばさんも英語が片言。日本語はまったくわからない。

口のまわりが血だらけの状況を、うまく説明できるわけがない。ということで、多分あの村では、「日本人はかなり野蛮でヤバイ」と語り継がれていると思われる（笑）。

その後、マディにしょうが焼きにしてもらった胎盤。それはそれはおいしかった。元気も出るし、胎盤が無駄にならない。もし自力分娩して食べられる状況だったら、とってもおすすめ。レバーと砂肝の間くらいの食感だ。

その後、娘たちの胎盤を含め何人もの胎盤をいただいたけれど、やはり、自分の胎盤が一番安心して食べられておいしかったな。


ちょうど、安海が生まれた8月21日は、バリ島のヒンドゥー教の「サラスワティ」という儀礼の日。「サラスワティ」は知識、芸術、音楽、文学、学問の女神だとか。素晴らしい日に生まれたお祝いに、そしてどの方向に行っても成功するようにと願いを込めて、村の長から「プルワニ」という「青い蓮の花の中心」という意味のかわいい名前を授かった。

まさか、この小さな赤ちゃんが、16年後にバリ島の学校に来ることになるとは、誰も予測してなかったな。きっと学問の女神「サラスワティ」が呼んでくれたに違いない。


梅しょう番茶（＊1）……マクロビオティックの手当ての飲みもの。梅干しとしょうが、しょうゆ、三年番茶で作る。

テルミー（＊2）……イトウテルミーは、よもぎなど複数の植物を原料とした太い線香を金属の筒に入れて体をこすったり、煙で下半身をいぶしたりする民間療法。

五人目は水中出産でオーガズムに至る

1997年11月13日。五人目の民人《みんと》の出産。

五人目を妊娠したとき、せっかくなので、今度はぜひ水中出産にチャレンジしたいと思った。でも、聞くところによると、病院や産院での水中出産って出産費用が軽く60万円はかかるという。

「だったら、自宅で思いっきり贅沢なお湯の中で、一人で産んだほうがいいんじゃない？」と思い、波動水なるものと小田原のおいしい湧水「金剛水」を汲んできてお風呂を満たし、「海塩　海の精」をたっぷり入れて海水の濃度にした。

お湯に浸かると、すごく楽だった。ここまで経験してくると、陣痛の波をサーフィンするのもかなりうまくなり、喜びや高まりは感じるけれど、いわゆる「痛み」は感じることが本当になかった。

そして、最後、今まで、どなたとのセックスでも感じえたことのない最高のオーガズムのなか、スルリと気持ちよく出産することができたのだ。

でも、水中出産の本などに書いてある「赤ちゃんが目を開けて泳ぐようにやってくる」わけではなく、股の間から青白い赤ちゃんが土左衛門のようにプカーッと浮いてきた。慌てて空中に出して、逆さにして揺すったら泣いて赤くなったので、ホッとした。

バリ島のときも他の島に行っていて出産を逃し、この回こそは立ち会いたいと言っていたパートナー。漢方薬局に赤ちゃんの胎便排出のために飲ませる「まくり」という漢方薬を買いに行き、ついでに自分の診察もしてもらっていたので時間がかかり、結局、私はまたしても独り出産となってしまった。

夫の立ち会い出産は、夫の成長のためには必要とは思うのだけど、妊婦にとってはどうだろう？　私の場合は、たまたま4人目、5人目が独りだったのだけれど、結果的にはとってもよかった。

誰にも頼ったり、すがったりできない。その代わり、まったく誰にも気を使わないで済む。静かに、本当に静かに、自分の内なる変化に、新しい命に、ゆったりと、そして凛と向き合うことができた。本当にありがたかったと思っている。

そして、こんな素晴らしく楽しい出産を5回も経験できたのも、私含めて全員無事だったのも、曲がりなりにも私が続けてきた玄米菜食のおかげだ、と言いきっても過言ではないと思っている。

もちろん、私の出産は無茶くちゃだ。たまたま無事だっただけかもしれない。まじめな助産師さんが聞いたら怒りだすに違いない。だから、誰も絶対に真似しないでね（誰も真似したくないか……笑）。

けれど、「なるべく自然にかなった食事をしていれば、思えばかない、やれば実現できるんだなぁ」ってところは参考にしていただけると、うれしいな。

娘たちのお産……長女・子嶺麻《しねま》

五人の子をプライベート出産

２０１０年、長女の子嶺麻が、一人目の妊娠がわかったとき、「お母さんが、この子を取りあげてね」と言ってきた。子嶺麻は私が一人で産んでいるのを見ているから、多分気軽に言ったのだと思うのだけど。

うれしい。と同時に、「いやいや、そんな責任とれないよ。洋介さんや洋介さんのご両親も関わることなんだしさ。私の手違いで何かあったらどうすんの!?」と、思った瞬間、初めて、自分のプライベート出産の重みと、無謀さをヒシと感じた。何もなくて、ホントによかった……。

その時点で、洋介さんと子嶺麻はたぬき庵（現在のアコスティックブレッド&コーヒーがある家）に住んでいた。なんだか、着々と出産準備を始めている。健診は行っているが、プライベート出産に踏み切るらしい。

ちょうど、小淵沢に出張に行っていたとき、夜中に電話が鳴った。「お母さん、陣痛が来たと思うんだけど……。どのくらい痛くなったら生まれるの?」と質問され、「そんなの電話で表現できないよ」と困ったのを憶えて

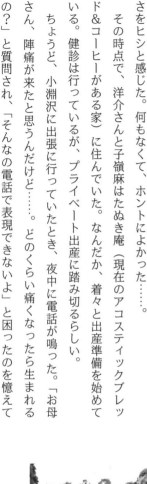

いる。

布団を積み重ね、膝立ちでうつ伏せになって寄りかかり、寝ていた洋介さんが最後の瞬間にちょうど起きて、キャッチして、無事、ほの波《わ》を出産。


2012年、子嶺麻が二人目玄人《げんと》を出産。玄人は、暑い夏の日中、私が一人でたぬき庵で取りあげた。畳に手と膝をつく姿勢で、いきみが来ているけど、なかなか出てこない……。どのタイミングで救急車を呼ぶのか、呼ばないのか、ずっと迷っていた。

生まれてきたら、頭が大きな子だった。それでも、会陰が裂けずに生まれてきてくれた。


2015年、子嶺麻が三人目耕丸《たがまる》を出産。子嶺麻家族はすでに高知に移住していたので、里帰り出産。現在のサグラダコミンカがまだ改装前で、そのお風呂で水中での出産だった。ちょうど、スーパームーンの夜。

お風呂には、子嶺麻と一緒に上の子たちが入ったり出たり。洋介さんと、当時まだ学生だった安海《あん》と私が見守るなか、生まれてきた。最初にキャッチした右手の感覚を、今でも思い出す。

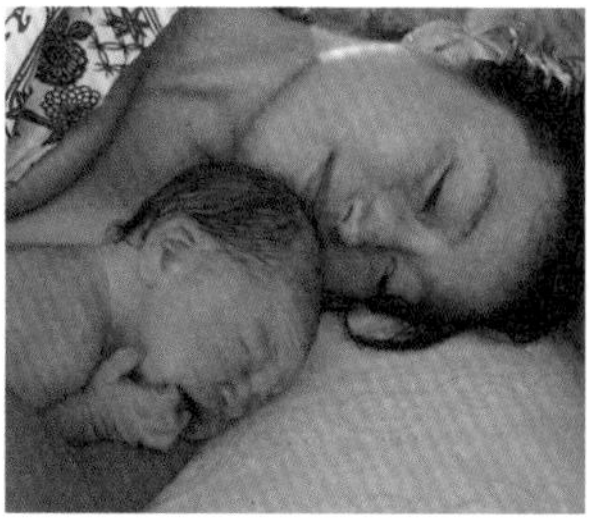
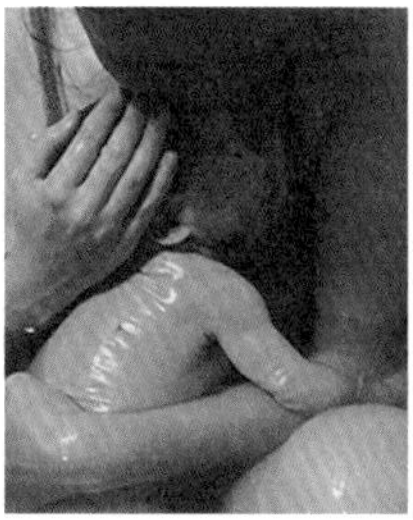

耕丸のときは、胎盤がなかなか出なかった。一度寝てしまって、次の日になってやっと出てきた。それでも、出血も少なく無事だった。

２０１８年、子嶺麻が四人目月詠《つきよみ》を出産。このときも高知県から里帰り出産だったのだけど、だんだん連れてくる上の子の数も増えてきて大変。

夜、母屋の私の部屋で、安海と洋介さんと私で静かに取りあげた。上の子たちはまわりにいて、みんなぐっすり寝ていた。

２０２０年、子嶺麻が五人目のたねちゃんを出産。子嶺麻は36歳、私も歳だし、安海のすすめもあって、自宅に来てくれる助産師の進藤さんに頼むことにした。なので、このときは、進藤さんの手厚い健診を受けるために、半年以上滞在の長期里帰り出産となった。

ちょうど、ブラウンズフィールドのスタッフが集まり、週ミーティングをしている最中、襖《ふすま》一枚隔てた隣りの部屋でお産が始まった。上の子たちが、「今度こそ、しっかり母ちゃんの出産に立ち会いたい」と、子嶺麻の股間の特等席で腕組みをし、あぐらをかいての見学。

安海と娘の凜ちゃんもいて、狭い部屋でぎゅうぎゅうの出産現場だった。

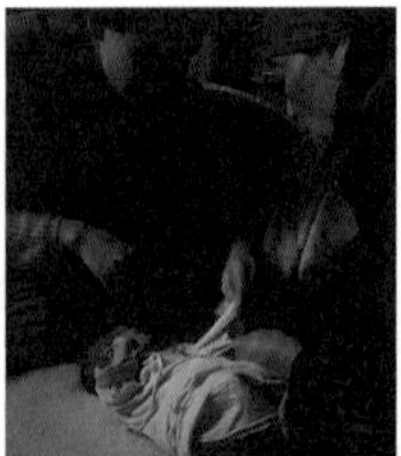
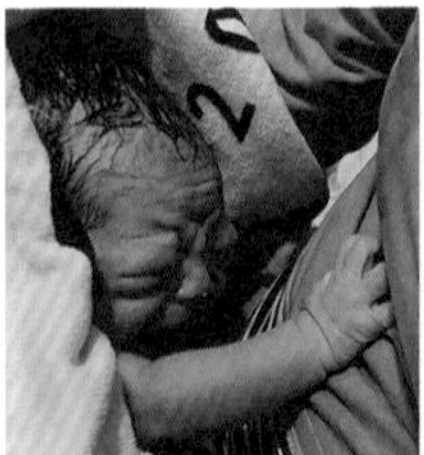

三女・安海《あん》

第二子の死産を乗り越え、公開出産

2017年、安海が凜ちゃんを出産。ブラウンズフィールド母屋の私の部屋で生まれた。

安海は看護大学を休学中。いろんなリスクも勉強しているし、今後自分が助産師になるにあたって、「自宅分娩の助産師さんの動きや介助も知りたい」とのことで、このとき初めて前出の進藤さんという、自宅分娩の介助をされている助産師さんにお願いして来てもらったのだ。

いやもう、さすがの手際だった。会陰を保護マッサージしながらの広げ方。妊婦の体勢の整え方、声がけ、介助の仕方。全部の動きに無駄がなく、あちこちに注意を払い、流れるようにサポートしていく。ただ待っていただけの私とはわけが違う。もうほれぼれだった。

しかも、リスクを最小限にするため、妊娠中の健診のたびに、お腹の赤ちゃんの状態を確認するのはもちろん、大根干葉湯で足湯をし、腰を中心に整体をして整えて、本当に丁寧に妊娠中の指導をしてくれる。

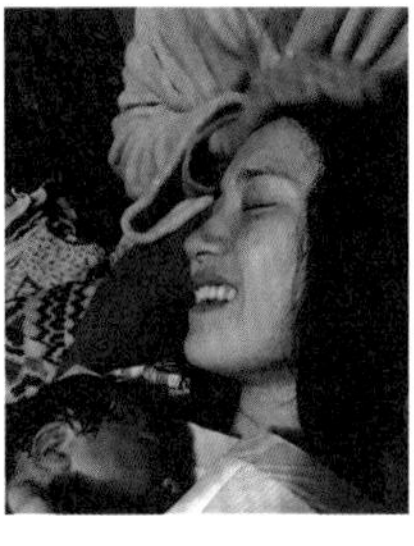

プロの仕事を目《ま》の当たりにさせていただいた。

２０１９年、安海の2番目、彩来《あいら》を出産予定だったのだけど9か月に入ったところで、母体内で心拍停止してしまった。原因は不明。家族で悲しみに打ちひしがれた。

帝王切開や無痛分娩という選択肢があるなか、安海は産道から痛みを伴った「産む」を選択。陣痛促進剤を使って病院で出産。これは、なかなかできないこと。でも、これも安海が助産師になる通り道だったのかもしれない。

きっと、人の痛みがわかり、その分喜びも感じ、シェアすることができる素晴らしい助産師になるに違いない。

２０２１年、岳《がく》くん誕生。安海が、「みんなの将来のためになるのなら、スタッフの子たちも希望者みなさん、どうぞ」と招待しての公開出産。

10人以上のギャラリーが見守るなか、進藤さんを中心に私と直己くんが、あうんの呼吸で介助。「自分で取りあげたい」という安海の希望を受けて、生まれる寸前に、膝立ちになって自分で取りあげられるように進藤さんが手際よく安海の体勢を変え、安海が自分でキャッチして胸に抱く。……という

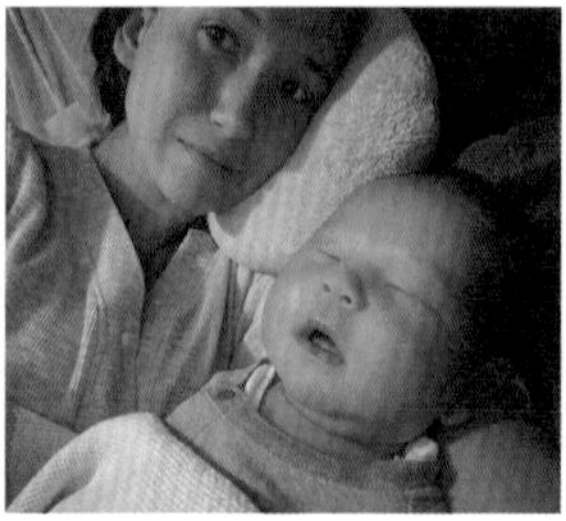
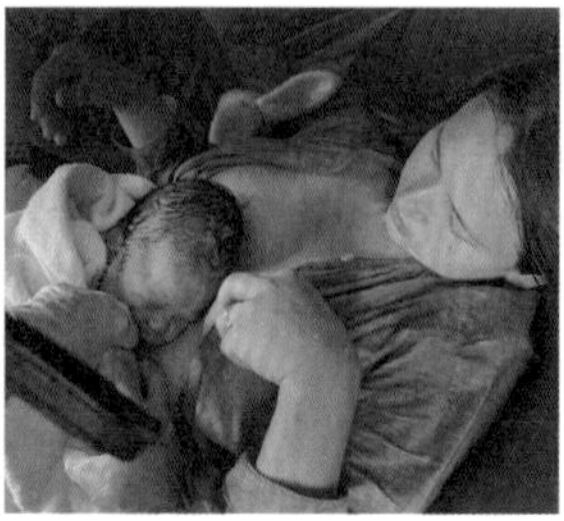

感動的な出産だった。

ぎゅうぎゅうのギャラリーと凛ちゃんと安海の愛犬チャイもウロウロしているという、コロナ禍においてフツーからは程遠くて素晴らしい出産現場だった。

娘たちのお産……次女・舞宙音《まちね》……

大好きな人たちに囲まれて出産

２０２３年、ちょうど、この原稿を書かせていただいているとき、37歳の舞宙音が初めての出産。粋《すい》くんの誕生。

ブラウンズフィールドから車で8分程のところにある、真吾くんと舞宙音宅で、進藤さんに取りあげていただいた。

この日は、私主催の「糀《こうじ》から醸すお味噌造りワークショップ」の合宿中だったので、時間的に立ち会えないのかな？　と思っていたのだけど、麹が少し早めにできて、お客さんもみなさんとてもよい方々で、みそ仕込みを手際よく仕上げて、スケジュールを繰り上げ、10時40分頃に快く私を見送ってくださった。

舞宙音宅に到着後15分も経たないうちに、粋くんがスルリと産まれてきた。

このときは、すでに安海《あん》が助産師になっていて、ちょうど、お休みの日で前日から宿泊。子嶺麻が産後5日目から産後ケアのために来る予定だったのだけど、出産が予定より8日ほど遅れたためにちょうど立ち会えるという、すべて絶妙なタイミング。

奇跡的に姉妹と私がそろい、真吾くん、子嶺麻の子たち、安海の子たち、「慈慈《じじ》の邸《いえ》」を担当してくれているスタッフのさっちゃん、舞宙音の大好きな人たちに囲まれて、温かい雰囲気のなかでの素敵な出産だった。

ただ、痛みに弱い舞宙音は、かなり大騒ぎしていたけれど……。まぁ、それだけ遠慮なく自分をさらけ出し、大声を出せる、まわりの人や環境のなかでの出産、ということで、とってもよかった。

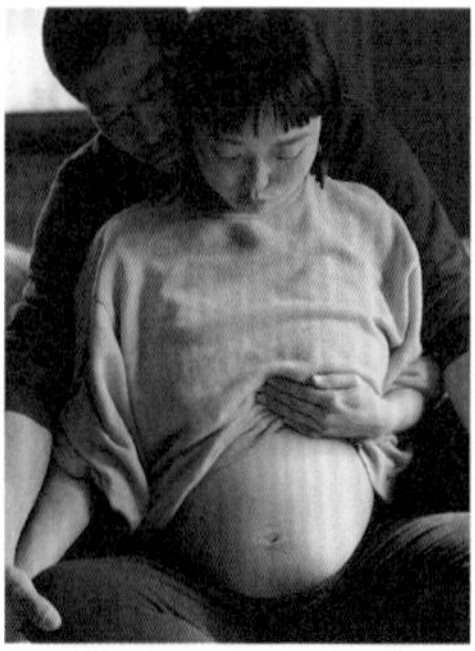

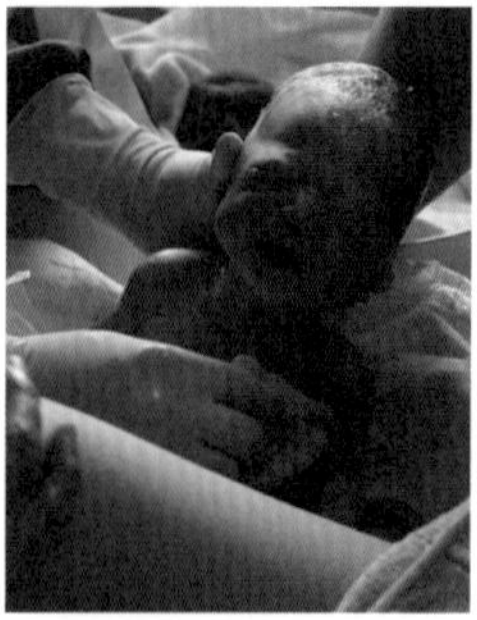

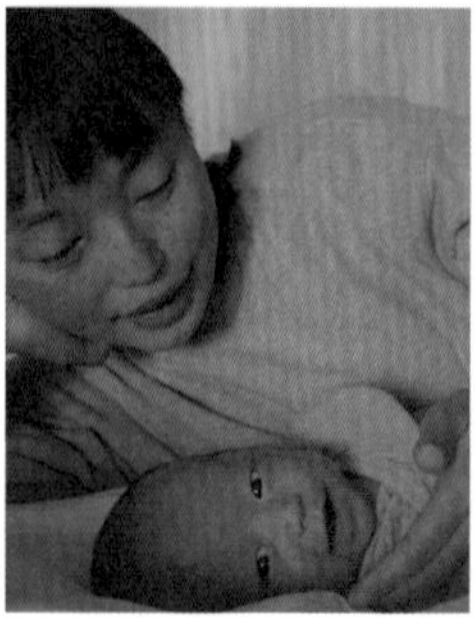

ひとつの命がまわりを変える

私の5人の子どもの出産と孫たち9人の出産。駆け足だったけれど、いかがでしたか？　パートナーや家族、子どもたち、友人たちに囲まれての自然出産って本当に素晴らしい。

消毒の匂いもないし、器具がガチャガチャする音もなく、まぶしい照明もなく、妊婦が拘束されることもなく、心穏やかに、自分らしく、好きな体位で赤ちゃんが出たいタイミングで命を生み出せるってありがたいばかり。きっと、赤ちゃんの人生の最高のスタートになるに違いない。

でも、必ずしもこんな出産を目指さなければならないというわけではない。自分が安心できるのであれば、病院のほうがよいと思う。ただ、人任せにしない自分なりの産み方をしようと思えばできるんだということを、たくさんの人に知ってほしいと思っている。

今回、舞宙音《まちね》の出産で本当に素晴らしいなと思ったのは、姉妹そろって舞宙音の出産に全力で協力してくれたこと。

子嶺麻《しねま》がわざわざ高知から3人の子どもを連れてきて、3週間もの産後ケア。舞宙音の精神が安定するように、おっぱいが張りすぎないようにと、心を込めて毎食ごはんを作ってくれた。

安海《あん》は、もちろん専門職なので、妊娠初期からずっと舞宙音の相談に乗ってくれてありがたかった。自分も仕事や家事で十分忙しいのに、休みのたびに子どもたちを連れてやってきて、舞宙音を元気づけてくれていた。

子どもをもたない人生、産まない選択をする人も多いなか、誤解を恐れず言ってしまうと、子どもをもつってことは、大きな川を隔ててこっちサイドと向こうサイドぐらいに違うって感じる。子どもを育む経験って、根本的に女性を変えていくと思う。生活も、考え方も、そして精神的にも成長する。むしろ、成長しなくちゃならない人に子がやって来るのかもしれない。

私にとっても、5人の子育てで、大変なことも辛いことも多かったけれど、それ以上のあまりある喜びで満たされたことに、とても感謝している。舞宙音にも母になる経験をしてもらえたこと、これからも経験するであろう大変なことも含めて、本当によかったと思っている。

「お母さん、私、まだ母親経験1週間だけど、お母さんって立場の人が、なんであんなにも子どもを大事にかわいがるのかがやっとわかったよ」と舞宙音。

命がひとつ増えるって、本当に尊いことだね。プラス、ひとつの命が家族や夫婦やまわりの人たちの関係をずいぶんと変えていくなぁと実感する。父親違いの舞宙音と安海は、仲は悪くなかったけど、舞宙音が子を育まなかったらここまで仲よくならなかっただろうな。今ではすっかりママ友になっている。

子どもたちがそれぞれ、素敵なパートナーを見つけ、子を生み育て、お互い支え合って仲よく過ごし、孫たちも交ざり合って楽しくはしゃいでいるのを見ると、本当にうれしい。と同時に、またひとつ私の役目が終わって手離していける感じがしている。しばし、この豊かな時間を楽しませていただくことにするね。

Scene 6
家族のことを語ってみようかな

DECO'S
SUSTAINABLE LIFE

長女・………フッーを追いかけて突き抜けた子嶺麻《しねま》

「フツーになりたい！」が長女、子嶺麻の口癖だった。どうやら、子嶺麻が代々木公園の自主保育に通っていた頃、友達の家に行って、「フツーの家のごはんは白い。どうも、ウチのごはんはフツーじゃないらしい」って気づいたようだ。あはは……。

特に子嶺麻を育てているときは、かなり厳格にマクロビオティックをやっていたからなぁ。お弁当はもちろん、合宿などのときも、食べられない肉・魚・卵の代替品を持たせていた。私、ずいぶんと偉かったなぁ。というより、まわりの人には大変ご面倒をおかけして、すみませんでした。私、若かったから肩に力入ってたよね。

子嶺麻は、わりかし優等生。長女としてがんばっていたタイプ。中3で千葉に引っ越したが、フツーの都立高校に入りたくて受験。ところが、学区外からの受験が厳しく、中学浪人となる。そして半年間のオープンチケットを持ってヨーロッパやアジアの旅をする（このあたりは前のエッセイ本『生きてるだけで、いいんじゃない』を読んでね）。

その後東京の父親のところに住みながら、都立高校生生活。マクロビオティックで厳格に育っちゃったから、肉や魚が臭く感じられて、基本食べられない。添加物も体に合わず、友達とファストフードの店に行っ

て無理して食べると、30分で下したそうだ。それでも、慣らしていくと不思議と少しずつ食べられるようになるんだよね（本人談）。

甘いものは大好きで、ケーキバイキングとかコンビニのお菓子とかを食べるようになったのだが、肌荒れ、肥満、生理不順、生理痛などがひどくなり、不調になるたびに私に相談してきた。この点、女の子ってわかりやすい。フツーの都立高校からフツーの都立大学に行きたいために、昼夜バイトしながら勉強し、合格。母は（父も）頼りにならないから、学費も生活費も自分でまかなっていた。そして、六本木ヒルズにあるフツーの企業に就職。めでたし、めでたし、……ではなかった。


「私、会社辞めたいんだよね」

半年経った頃、私は子嶺麻に呼び出され、相談される。

「どうした？　人間関係が大変なの？」

「ううん。みんなとっても優しい」

「仕事がきつい？　残業が多い？」

「ううん。バイトのかけもちよりずっと楽！」

「じゃ、どうして辞めたくなっちゃったの？」

「あのさ。満員電車がほんとイヤッ！　そして、ストッキング。何あれ？　すぐ伝線してもったいないし、心地悪いし……」

「えっ？　そこ？」

会社を辞めて、小笠原など自然のなかでのウーフ生活。多分そこで、自分にとって、何が心地よいか、何が心地悪いかを再確認したのだと思う。帰ってきてから、私が講師を務めていた「クシマクロビオティックス」の料理教室のアシスタントの募集があったので紹介し、勤め始める。

そこのフツーは、基本がマクロビオティックなので、同僚たちからの「お腹の中からマクロビオティックで育ったの？　いいなぁ～」という反応に驚いたらしい。

ところが、半年ほど経った頃、またもや「辞めたい」と言い出す。

「どうして辞めたいの？」

「あのさ。まな板とか少し変色したからって全部買いかえるって言うんだよ。布巾もまだ使えるのに捨てるんだよ。なんだか、都内で働くって、いろいろ無駄！　無駄が本当にイヤッ！」

「そうなんだね～」と私。

「ねぇ、お母さん、千葉の実家に帰ってもいいかなぁ？　寝る場所は押入れでもどこでもいいから」

「えっ？」（心の中でガッツポーズする私！）

「もちろん、いいよ。でもその代わり、スタッフとして、みんなと一緒に働いてくれるかな？」

子嶺麻が探していた青い鳥は、実家にいたってことだね。そこからの子嶺麻の活躍はすごかった！　水を得た魚のように、日々のまかない作り、洗濯、経理、スタッフの指導……。クルクルと働き回る。ブラウンズフィールドのもったいない精神やまかないの基本を作ったのは子嶺麻。自分自身にもスタッフにも、私にも厳しかったなぁ。給湯器のお湯でお皿を流し洗いしていて、相当怒られた覚えがある（笑）。

小笠原でウーフをしていたとき、イルカやクジラのガイドをしていた人を好きになったらしく、彼を射止めに何度となく小笠原に通って、ついにゲット！　それが洋介さん。決め手は、私から習った豆腐クリームの手作りバースデーケーキだったらしい。

結婚して小笠原に住むかと思いきや、「小笠原は国有林ばかりで土地が少ない。田んぼをやりたいから」と、2人でブラウンズフィールドに来てくれた。旦那の洋介さんも、とっても優しくかっこよくて、よく働く人だし、価値観も似ているし、子どもをブラウンズフィールドで自然出産して、2人を中心に農的暮らしが安定してきたし、「これで、長女夫婦にブラウンズフィールドを任せられる、超安心！」と思ったら、福島の原発事故!!

なるべく、西の放射能汚染の少ない、水のきれいな安全なところに住みたい、と高知の山の中に移住。そこを「笹のいえ」と名づける。

当初私は、子嶺麻家族が移住して、とても寂しかったけれど、出産やお正月やもったいないカフェのイベントのたびに帰ってきてくれるし、私も何度も高知に行って、四国の人たちの温かいネットワークに触れ、大好きになり、本当によかったと思っている。

「笹のいえ」で、家族で小さな宿を経営し、米や野菜を作り、自給自足のミニマムな生活をしている。水は山から引いたおいしい水。料理も暖房も、お風呂もすべて薪。トイレは自作のコンポストトイレ。車は天ぷら油カー、とかなり徹底（いや、これ文字にすると短いけど、めちゃめちゃすごいよ）。

現在、子どもは、女の子3人と男の子2人の5人。みんな、とってもかわいくて（ばばバカ目線ですが）、すくすく育っている。子嶺麻もすっかり丸くなり、「もったいない母ちゃん」と呼ばれている。

ということで、「フツーになりたい」って言っていた子が、すっかり「フツー」の斜め上のほうを飛び抜けて行ってしまったってお話。

人生っておもしろい！

次女・……言うことおもしろくて、自己肯定感が高い舞宙音《まちね》

舞宙音は、顔の右側に太田母斑《おおたぼはん》という青く大きめなあざをもって生まれてきた。あざ以外は、なんの問題もなく生まれてきてくれたことに感謝しつつも、「女の子なのに、かわいそう。ごめんね」「学校に行くようになって、いじめられたらどうしよう」『なんで、こんなあざつけて産んだのよ!』と親を責めるかな?」などなど、赤ちゃんの頃、顔を見るたびに心を痛めていた。ナスのヘタでさするとよいと聞いてやりすぎてしまい、血をにじませたこともある若気の至りの母だった。

ところが、私の心配などどこ吹く風。小粒ながらもスクスクと育ち、よく笑い、運動神経もよく、小さな頃はシャイだったけど、おしゃべりが好き、おしゃれも好き。笑顔がかわいく明るくて、みんなにかわいがられ、なにより観察力、洞察力が人一倍鋭い感性豊かな子に育っていく。いつしか、私もまわりも家族も、彼女にあざがあることをすっかり忘れてしまっていた。

中学2年生のときに千葉に一緒に引っ越してきて、高校からは東京のお父さんの家に住んで都立高校に通い、大学は芸術系を目指していたが、まさかの不合格。浪人はあきらめて方向転換し、料理の道に入っていく。銀座のオーガニックフレンチレストランで下働きから始め、麻布の自然食系のカフェレストランで働いた

り、いくつか店を転々としたあと、下北沢の開発で今はすっかりなくなってしまった闇市（下北沢北口駅前食品市場）にあった「うさや」という素敵な料理屋さんでお手伝い。その頃から自分の好みやスタイルを確立し、「うさや」の休みの日曜日に「日曜食堂」と名づけて、精進料理を定食にして出していた。その頃舞宙音のファンになった人たちは、いまだに友達として遊びにいらしてくれる。

舞宙音からすると、私は、子育てしながらなんとなーく料理教室をして、ちゃんと勉強するでもなく、なんとなーくたまったレシピで本を出していたのが不甲斐《ふがい》ないと思っていたらしく（実際そうだね……笑）、それを反面教師にしてか、「自分はお母さんのようにはなりたくない」と、和食の板前修業に出ることを決心。

「都内ではなく、まわりの季節の自然を取り込んだお皿を作れるようになりたいから、どこか地方に行くつもり」と、話してくれたときはうれしかったな。

舞宙音26歳のとき、懐石旅館の門を叩く。厨房で女子はひとり。追い回し（掃除や洗い物などの雑用）、焼き場など、少しずつ仕事を覚えさせてもらうが、下駄こそ飛んでこないにしても、男社会のなか、住み込みで長時間の重労働や料理人の上下関係はかなり厳しかったらしく、よく相談や愚痴の電話がかかってきていた。

「今、手紙を書いてるの。これを明日社長さんに出して、明日には荷物をまとめて出ていくつもり」

「そうだね。無理しすぎないで帰っておいで」

そんなやりとりをしながらも、ギリギリの線で踏ん張り続けた舞宙音。４年間がんばった。

「慈慈《じじ》の邸《いえ》」のスタッフが辞めるタイミングで舞宙音に声をかけたら、ちょうど、舞宙音も30歳になって20代の男の子と肩を並べて働くのに限界を感じていたらしく、２０１７年2月に、ブラウンズフィールドのオーベルジュ「慈慈の邸」の料理人として帰ってきてくれた。

舞宙音の料理は本当に素晴らしい。おいしくて美しく、ちょうど食べたい味を針の先くらいのピンポイントで出してくる。「懐石料理を、地元の魚や卵を使ってコースで出したい」とのことだったので、「もちろんどうぞ。だけど、マクロビオティックのお客様もいらっしゃるので、ヴィーガン懐石料理と選べるようにしてね」と言ったら快諾してくれた。

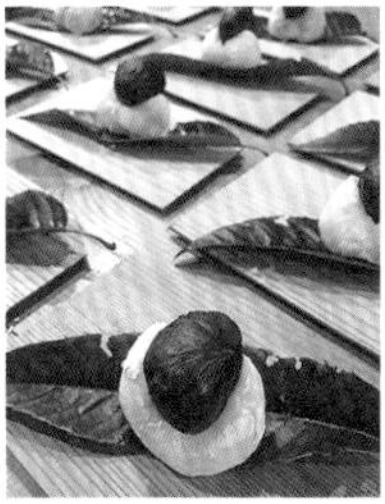

季節ごとにいろんな料理を披露してくれてさすがだった。そのうち、「やっぱり両方は無理なので、ひとつにするわ」と言うので、ヴィーガンをやめるのかと思いきや、「キッチンが臭くなるし、仕入れも手間だし、やっぱりベジ最高！」とのことで、結局動物性食品の料理をやめることになった。

「今、軽トラックで日本一周をしています。お手伝いするので、今晩駐車場に車を停めて、車中泊していいですか？」と、ブラウンズフィールドにふらりと来た男の子がいた。ちょうどスタッフを募集していたので、「農のポストが空くので、ぜひいかがですか？」とお誘いしてみた。結果、そのまま農隊として働いてくれて、そのまま舞宙音と仲よくなって、２０２１年に籍を入れ、義理の息子になったのが、真吾くん。

この真吾くんがまた素晴らしい人で、とにかくよく働く。有言実行ではなく、不言実行。黙々と言われたことを、言われないことまで、きちんとどんどん片付けていく。なかなか現代にはいないタイプ。よくぞ、いらしてくれて、よくぞ、舞宙音をもらってくださった。

芸術家肌でエキセントリックなところもある舞宙音（はっきり言うと、怒らせると怖い）。おつきあいする人とぶつかることも多く、まさか結婚できるとは……。ありがたや。この寡黙な真吾くんとおしゃべり好きな舞宙音の陰陽のバランス、おもしろい。

そして、なんと苗字が神ノ川。舞宙音は結婚して「神ノ川舞宙音」となった。名前だけでもインパクトあるのに、名前負けせず、名前のことだけで笑いとりながら10分以上語れちゃう舞宙音もすごい。

2023年、念願の粋《すい》くん誕生。現在育休中。私が思っていた以上に、子どもがほしかったらしく、今のところ、子育てにどっぷりハマっていて、料理人に戻りそうにない。

「子どもがいる人生と、いない人生がこんなにも違って、こんなにも景色が変わるって知らなかった……。ガッチャン！　と線路が切り替わった感じだよ」（ほんとにね）

「出産があんなに痛いだなんて。産後も後陣痛や会陰の痛み、授乳の乳首の痛み、腰痛とか痛みが続くって聞いてなかったよ〜。なんで教えてくれなかったの？」（いやいや姉や妹の出産を近くで見てたよね）

「この子は、私のすべてをかけて作りあげた作品なの。どんな芸術作品も及ばないと思うわけ。毎日、推しの子と暮らしているみたいで最高！」

（それはよかった！）

「私、妊娠出産母乳中、以前より集中力が劣るし、物覚えも悪くなったの。5回も出産しているお母さんが鈍い理由が、やっとわかったわ」（言い方！　感謝の言葉と捉えておこう）

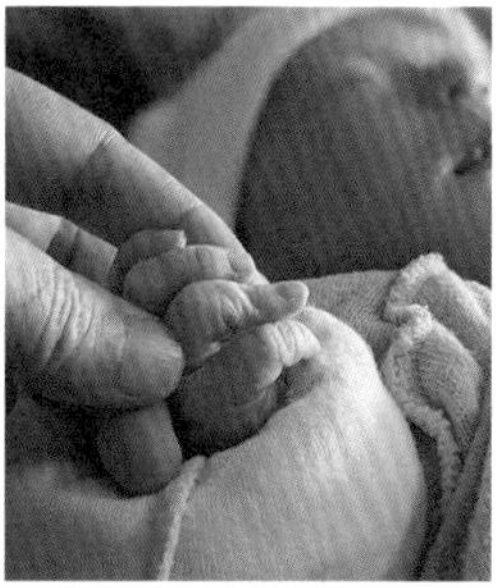

それにしても、舞宙音語録、相変わらずおもしろい。ただの親バカになったと言ってしまえば、それまでだが、舞宙音がお母さんになって本当によかった。まだまだこれから変化はありそうだけど、とにかく一段落。と、胸をなでおろした。

つい最近、気になっていたあざのことを初めて面と向かって聞いてみた。

「私ね。実は中学生になるまで、自分にあざがあるって、知らなかったんだよ。気がついてなかったの。誰にもなんにも言われたことがなかったの」（えっ、ほんとに!? それ初耳。かなりびっくり！）

「中1になって、初めて、『ゾンビ！』ってからかわれたの。ショックを受けたけど、『ちょっと色が違うだけじゃん。それが何!?』って感じだった。私には、お友達もいたし、舞宙音を舞宙音として接してくれる家族もいるし、いい環境にいたんだって気づけた。私の問題ではなく、言った人の問題、って思えたの。むしろ、あざがあることで、差別意識をもっている人が近づいてこないから、ラッキーアイテムだと思っている。自分が気にしなければ、他人も気にしない。気にせず笑顔で元気にいることが大事だし、美しさだと思っているよ」

さすが舞宙音。パーフェクトなお言葉。舞宙音の自己肯定感の高さの秘密を改めて知ることができた。というか、申し訳ないって思いを38年も抱えていた私、恥ずかしいじゃん。

とにもかくにも、小さな小豆みたいな赤ちゃんだった舞宙音。ここまで立派に成長してくれてありがとう。これからも、なんでも話せる母娘でいようね。よろしくです。

長男・……… 不遇な時代があったけど、とことん優しい寧泳《ねお》

寧泳の名前は、「丁寧に世の中を泳いで渡っていってね」という意味を込めて漢字をあてた。子嶺麻《しねま》、舞宙音《まちね》と女の子が続いたあとの初めての男の子。女性の自分から、チンチンがついている異性が出現することが、本当に不思議でおもしろかった。どんだけかわいかったか！　言葉にできないほど愛でた。

寧泳はおっぱいをたくさん飲んでよく寝る、手のかからない赤ちゃんだった。でも、思い返すと寧泳の不遇は出産前から始まっていた。

妊娠中に、寧泳の父Y氏が浮気。産後に、授乳中の寧泳を抱えて、相手の女性の家に押し入った経験もある（『生きてるだけで、いいんじゃない』参照）。その後離婚。３人の子連れのシンママとなる。

なるべく、子どもたちに影響を与えないように、毎日を楽しくと、心がけていたものの、私の精神が心底安定しているはずはない。

そして、私がまさかのE氏と出会い、恋愛。E氏が家に転がり込み、安海《あん》を出産、民人を出産、と続く。

寧泳は上のお姉ちゃん２人、下のE氏の子ども２人の間に挟まれた真ん中。つい取り残される状態になる。

お姉ちゃん２人も家庭が落ち着かないから精神的にも安定せず、寧泳にあたり散らす。

「そう、はけ口にしてたね。まるでサンドバッグ状態だったよ。でも、寧泳ってどこかに行ったとき、私たちにお土産買ってくるんだよね。優しさに泣いたの覚えてる」（舞宙音談）。

寧泳が5年生のときに千葉に移住。学校でいじめに遭い、ついに不登校。その頃から寧泳は本をたくさん読んで、雑学博士のようだった。キッチンに立ちながら、寧泳の雑学を聞いておしゃべりするのが私の毎日の楽しみだった。

6年生のときに、北海道や九州の私の友達のところに一人旅した。いまだに、行った先の人が、寧泳がどれだけ優しくてよい子だったかを話してくださる。

中学になって、地元の中学校に通いだす。庭に小屋を一緒に建設し、寧泳小屋と称してそこに住む。大きく反抗期とか暴力とかはなかったな。寧泳小屋に住み、私たちと少し距離をとって安定していたのかもしれない。

高校は、隣町の大多喜高校に、ブラウンズフィールドから片道1時間、往復2時間かけてママチャリで通っていた。3年間でママチャリ4台つぶしている。どんどん、筋力もつき体力もつき、そして、お弁当も自分で食べたいものを手際よく作って持っていっていた。

高校を卒業してからは、東京の父親の家から、青山の高級韓国焼肉料理店に勤め始める。理由は、「まかないで肉が食べられるから」。どんだけ肉が食べたかったんだか……。あまりマクロビオティックを押しつけてしまうと、特に男の子は肉食に走る傾向があるよね。

時々、働く姿を見に青山のお店に覗《のぞ》き見に行ったくらいで、向こうからはほとんど音沙汰がなかったので、5年ほどして、「入学金が50万円ほど足りないから貸してくれない？」とメッセージがあったときは、頼ってもらえてうれしかった。と同時に、あまりに唐突だったので、舞宙音に話したら、「それ、本当に寧泳？オレオレ詐欺じゃない？　お母さん、気をつけて！」って言われたほど。

そこから専門学校に通って、栄養士の資格を取り、就職。おばさんたちに交じって、栄養士として働き、管理栄養士となり、病院などに勤務してる。

もう、かなりの高給取り。30代半ば。世田谷の閑静な住宅街で、アパートつき3階建て一軒家の家主。とことん優しい。料理も上手。なかなかハンサム。ん〜、けっこう優良物件だと思うのだけど、誰か来ないかな〜？　と、思ってみたり。親心ってめんどくさいね。

お正月に寧泳が帰ってきたとき、「いつか地元に帰ってきたいって思いもあるんだよね」って言っていた。東京に家があるし、帰ってこなくてもよいのだけど、彼が千葉を「地元」って思ってくれていたことが妙にうれしかったな。

5人子どもがいると、きょうだい喧嘩が激しかった。特に寧泳は攻撃される側。中3の子嶺麻が小5の寧泳を蹴り飛ばして2ｍくらい寧泳が空中を飛んでいった事件も、今は笑って話せるようになってよかったよ。

みんな、それぞれの葛藤があったよね。

私は、食べさせて寝かせて遊ばせて、なんとか生命維持するのにいっぱいいっぱいで……。申し訳ない思いがあるのだけど、その割には、どの子も元気に育って、立派に大人になってくれてありがたいばかり。

「ずっと子どもたちの応援団でいよう！」と思っていたけれど、今は、心配され、応援される立場になっている。

寧泳は結局、自分のペースで、かなり丁寧に上手に世間を渡り泳いでいるようだ。不遇な立場だったからこそ、優しく気遣いの行き届く人になったのかもしれない。

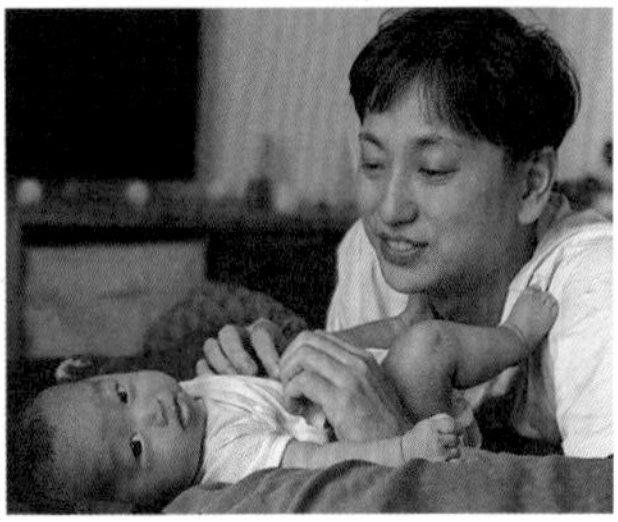

三女•………やれやれ……、な存在だった安海《あん》が助産師ママに

安海は、５人の子どものなかで、４番目。二人目のパートナーとの間の一人目で、１９９４年にバリ島で生まれた女の子。小さいときから、夜泣きもひどく、とってもわがままで、頑固で、上の子たちがどれだけ育てやすかったかを改めて実感した子だった。

マクロビオティックな食事で性格まで穏やかに変わると言われているけれ

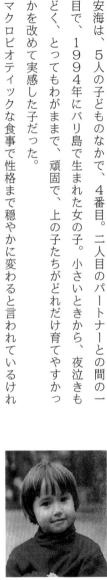

ど、だいぶゆるめになったとはいえ、私の食べ方も、子どもへの食べさせ方も上の子たちと大幅に違ったわけではないのに、「なんなんだ、これは〜」と、天を仰ぐ状態だった。

というわけで、家族間でついたあだ名が「デビルアン」。デビルアンは、家族のなかでもやれやれ……、な存在なのに、田舎の公立の保育園や小学校でおとなしめに立ち回れるはずもなく。案の定、のけものにされ、いじわるされたらしく（当時の本人談）。

多少、ぶつかるのは本人のせいもあるだろうし、しょうがない、と思っていたのだけど、どうやら同じクラスの同じ立場のハーフの子（しかも家では仲よく遊んでいる子）を、学校で逆サイドについて、いじめているという話を聞きつけ（そのハーフの子談）。

「いやいや、自分を守るためとはいえ、このままだとさらに性格悪くなっちゃうのでは？」と懸念し、弟の民人が1年生に上がるタイミングで、2人を少し遠くのセブンスデー・アドベンチストというプロテスタントの教会が母体の三育小学校に転校させた。三育小学校は、教義でベジタリアン推奨ということもあってか、先生方も学校全体もとても穏やかで優しく、まったく宗教と無縁だった私たちのことも温かく受け入れてくださった（土曜日が安息日で教会に行くことになっていたのだけど、ほとんど通えておらず。すみません）。

三育小学校に通ううちに安海もずいぶん穏やかになり、気に入ったようで、そのまま茨城県にある全寮制の三育中学校へ。中1のとき、学校でNHKのドキュメンタリー番組「プロフェッショナル 仕事の流儀」で助産師の仕事を見て感動し、そこから助産師を目指すことになる。

高校から留学希望でニュージーランドに行き、それまで、私のせいで自由に食べられなかった甘いものを食べすぎて、3か月で10キロ激太り。本人がニュージーランドがあまり合わないと判断し、私たちも「どこかよい高校がないかな？」とリサーチしていたら、いろんな方向から同時に薦められたのがバリ島の「グリーンスクール」(広大な敷地がウブドのジャングルの中にあって、サステナブルなことを教えてくれる、竹でできた校舎の建築も素晴らしい学校)。

結果、バリ島で生まれた（要するに私がバリ島で産んだ）安海は、故郷に帰ることになった。

もちろん、デビルアンの片鱗が残る安海、高校生の年齢で親の目の届かない自由な校風のインターナショナルな「グリーンスクール」での3年間、いろいろやらかしてくれた。とほほ……。だけど、生きていてくれただけでよしとする。事件については長くなるから割愛（笑）。

その後紆余曲折を経て、安海は本当に助産師になっていくのだけど、詳しい話はScene 7の「安海と一緒に助産院を立ち上げたいな」に書こうかと。

大学で助産師を目指して学業に励んでいた頃のこと、私が廊下を歩いて部屋に帰る途中、ちょうど安海がトイレから出てきた。手に何か持っていて、こちらに差し出している……。そして、なんだか泣いてる!?見ると、妊娠検査薬。さらによく見ると、陽性反応！

「はぁ!?　えっ!?　なになに、なんで？　なんで？　どういうこと〜!?」

なんで？　どういうこと〜!?　というのは、「大学生なのに、なんで妊娠してんのよ〜！」ではなく、その頃、安海が連れてくるつきあっている子たちが、ことごとく女子だったからである。

「この人とつきあってるの」と最初に女の子を連れてやってきたときは、「ウチにもＬＧＢＴ？　子どもが５人いると、いろいろやってくるもんだな〜」と、さすがに驚いた。（いや、そのときはＬＧＢＴの単語さえ知らなかったかも）。

でも、「みんなとってもよい子だし、むしろ横暴な男性とつきあうより、よっぽど平和でよいな〜」と思ったり。そもそも、安海のアメリカに居るおばさんのパートナーは女性で、とても幸せそうだったりするので、私もまわりもすぐに慣れて、少しも問題視していなかった。

「でも、将来子どもを育む選択ができないよね〜」などと当時安海にこぼしたら、「何言ってんの？　今どき。人工授精とか里親制度とか、いろいろあるんだからね」と一笑にふされた。

その頃、ＬＧＢＴの取材でカメラマンが撮った写真が雑誌に載り、そこに安海のコメントが書かれていた。

「性別、年齢に囚われず人を好きになるということはとても素敵なことだと思います。大好きな一人の人間だということには変わりはありません。好きになった人と一緒にいたいと思うのは普通のことですよね」と。

しっかり育ったものだな〜と、感心したのを憶えている。

からの、妊娠!?　意味不明でプチパニック。お互い落ち着いてから、よくよく話を聞いてみると、少し前に中学の同級生だった男の子とばったり会って、仲よくなったとのこと。ふむふむ、なるほど〜（いや、そこ納得している場合じゃないけど、理屈的にはとりあえず……）。

「では、流れ的には、その子を産んで、今つきあっている彼女と子育てしていくのかな? それもよいかもね」と思っていたら、あっさり彼女をふって、同級生だった男の子と結婚。一般目線から見たら至極フツ～の家庭を築いたわけだ。

「普通って何?」ってどこかで思っている私としては、尖《とが》った生き方も好きなので、「ふむ～、そう来たか～」と、当時ほんの少しだけ残念に思ったのも嘘ではない。

今では、実家(ブラウンズフィールド)から車で30分のところに家を買って、子ども二人に恵まれて、とてもよいお母さんとして切り盛りしながら、助産師として働いている。パートナーも相当カッコよく、植物好きで素敵な人だし、孫たちもめっちゃめちゃかわいいので、おばあちゃん的には万々歳の結末。

まぁ、人生には結末なんてものはなく、これからも、何があるかわからないけれど、安海には十二分に翻弄され、楽しませていただいている。ありがとう。

次男・………金髪巻毛のかわいかった民人《みんと》

次男で、5番目に生まれてきてくれたのは民人。生まれた経緯はScene 5に簡単に書いたけど、詳しくは前著『生きてるだけで、いいんじゃない』の「天使の章」に書いてある。そこには、金髪巻毛のかわいい民人の写真も載っていて、表紙も私に抱かれた民人なので、機会があったら見ていただきたい！

民人はめちゃめちゃキュート！　かわいがってかわいがって、愛情いっぱいに育ててきた（私なりに）。父親、兄弟姉妹、スタッフの子たちからも愛され、元気いっぱいで健康に育ち、賢くて、笑顔の素敵な青年に成長（どこまで親バカが入っているか、もう自分ではわからない……笑）。

ところが、今回20年ぶりにエッセイを書くにあたって、「ボクのことを、あれやこれやと書かないでくださいね」と、まさかのNG。ぴえん。いや〜。書きたい。彼の生い立ちや発言や成長過程や、一緒にアフリカやニューヨークに旅に行ったことや、アメリカの大学にいく経緯や、なんやかんや書きたい。残念すぎる〜！　ま、仕方がない。彼の今の気持ちを大事にしよう。

「母の好きにしたらいいよ。ノーチェックでかまわんよ〜」って子もいるのだが。種は違えど、同じ腹から出てきたのにね。同じように接しているつもりでも、5人とも赤ちゃんのときから興味の対象が違うし、みんなそれぞれ全然違う人格に自由に育っていく。

こうして経験してみると、親の勝手で子どもをあれこれ思い通りに形作り、レールを敷こうとするのはおこがましいんだなって思う。子どもたちは、すでに自分の行き先をもって生まれてきているとしか思えない。

なので、親はなるべく子の行く道の邪魔をしないようにして、温かい食べものと寝床を用意し、愛をもって見守るだけで十分なのかもって思う（いや、それだけだって相当大変だよね）。

それにしても、たくさん産んでおいてよかったよ。自分の好みと全然違う分野に行ったとしても、一人だと固執してしまい、がっかりしたり、なんとかしようと思ったかもだけど、たくさんいると、あきらめもつくし、それぞれの話を聞くのがおもしろいし、めっちゃ楽しめる。

特に民人。いつも、ビデオ通話するたびに、「そんなことってある!?」「そんなふうに考えるんだ〜!?」とか……。住んでいる世界が違うだけに、たくさん刺激をもらっている。

アメリカの大学を出て、海外で働いている民人。きっと、大変なこともたくさんあると思うけど、がんばって。遠くからだけど、ずっとずっと応援してるよ。

これからも時々、民人の世界観を聞くのを楽しみにしているからね〜。

夫婦のハプニングが私を大きく変えた

忘れもしない。2017年の5月、満月の夜遅く。寝落ちする寸前に、当時の夫E氏が、「お風呂に入ってくるね」と言って部屋を出ていった。そのあと、枕元に置いてあったE氏の携帯が鳴り始め、なかなか鳴りやまない。「寝るときは機内モードにしてって言ってるのに～」と、OFFにしようと寝ぼけまなこで携帯を開けた途端に鳴りやみ、画面に「明日会えるの、楽しみにしています♡　J子」という文字が浮かびあがってきた。

何？　このハート！　絵文字がなかったら、ただの業務連絡だと思うところだが……。心がザワついた。

私は彼と暮らし始めて20年以上、微塵《みじん》も彼を疑ったことがなかった。彼は本当に優しかったし、私を大切にしてくれた（と、思ってた）。なにより、お互いバツイチで、それぞれ相手の浮気が原因で別れ、傷ついた気持ちは十分わかるので、「傷口に塩を塗るようなことは絶対にしないよね」と思っていた。

思い返せば、ここ数か月、彼は携帯を肌身離さず持ち歩き、心ここにあらずでずっと画面を見ていた。覗《のぞ》くと、彼が撮ったと思われる着物姿の若くて美しい女性の写真が待ち受けになっていた。

そのときはただのモデルさんだと思い、「この人は誰？」と聞いてみたら、「ドバイにいる友人が日本人と結婚したいって言っていて、紹介した子なんだ。着物が似合って、お茶やお花もできて、文化や芸術にも理解があって、英語もフランス語も堪能なんだ。来週は3人で旅行に行く予定」「完璧な人もいるんだね。でも、彼らのデートにどうしてあなたがついていくの?」と話した覚えがある。結果、彼女とできてしまって、E氏が友人と私を裏切ったという形になった。

E氏は、きちんとした性分ではないので、家にいるとき、あちこちに、パソコンやらタブレットやら、いろんなデバイスをログアウトせずに置きっぱなしにしてあった。うちのカフェで彼女と隠れてチャットをしているとき、偶然娘たちやスタッフと、E氏と彼女とのやりとりを見てしまった。

中高生か!? って感じのハートやキスマークの絵文字が飛び交い、ホテルや旅先での、彼女との破廉恥な自撮り写真を送りあって楽しんでいる。本人は芸術だと思っているのかもだが、ひどく醜悪だ。半裸ドヤ顔、カメラ目線の彼女の写真は、一生記憶から消すことができないと思う。

老いらくの恋、本当に怖い……。

6月、民人《みんと》と私とE氏でヨーロッパに家族旅行に行った。彼は、仕事だと嘘をついて、途中抜けてパリで彼女と密会。その後、彼女と行ったルーブルやセーヌや古いレストランに、同じ足取りで私たちを連れて歩き、余韻を楽しむ彼。知っていながら、少しでも家族時間を長引かせたい、よい思い出を作りたいと、何も言わずに無駄にはしゃぐ私。ひとり取り残されたときに泊まったイギリスのエアビーは、本当に寒くて心細かったな。

7月、ついに、彼から、「好きな人がいる、一緒に京都に住みたい。京都に住むのが夢だったんだ」と言ってきた。

「あのね。今は渦中だからいいよ。よく考えて。5年後、10年後はどうなの？　ずっと彼女と興奮し続けられると思うの？　このまま、家族を捨てていいの？　安海《あん》ちゃん、妊娠中だよ。血のつながった孫の顔を見たいと思わないの？」と私。

彼は、「先のことはわからない……。やってみなくちゃわからない……」としか言わなかった。

8月、私の出張中に、そそくさと身のまわりの物を持って出ていってしまった。ガランとした部屋。一人になった。その後私は、残された荷物、彼の痕跡をすべてパッキングして、京都に送った。

あ〜、辛かった〜。自己肯定感が地に沈み、自分のことを、「使いきってゴミ箱に捨てられた、臭くて汚いボロボロの雑巾」にしか思えなかった。還暦目前にこの仕打ち、ないわ〜。そして、私、これ二度目だし。しょうもない男を選んだ判断力のない自分にも腹を立てたり、「きっと、私の何かが間違っていた」と自己否定しまくったり……。膝を抱えて泣きまくり、自殺や他殺だって頭をかすめたよ。

とにもかくにも、そこから6年経った。彼がどんなにひどい仕打ちをしたか、私がどれほど辛かったか、を言いたいわけではまったくない。誰にでも、大なり小なり、いろんなハプニングは起こりえるわけで。そこから、いかにバランスを取り戻すか。そこが大事だと思う。

私の場合は、まず、娘たちの存在がありがたかった。何も言わずにそばにいて、日々の暮らしを一緒にしてくれた。特に高知に住む子嶺麻《しねま》が、自分も子育てで忙しいはずなのに、間髪いれずに駆けつけ、寄り添ってくれた。

息子たちの反応は、「あ〜、Eちゃん、やっちゃったね。しょうもね〜」と寧泳《ねお》、「ん〜、瞑想するしかないね」と民人（笑）。

民人に言われて、十日間無言で瞑想する「ヴィパッサナー瞑想」にも行ってみた。座禅断食にも行った。この際、好きなことしようとインドにも行った。「アーユルヴェーダホスピタル」というリゾートスタイルの医療施設に入院したり、サイババのアシュラムに連れて行ってもらったり……。ツアーを組んで、ハワイにもバリ島にもタイにも行ったな。旅は視点を変えられて、とってもいい。

ブラウンズフィールドのスタッフたちにも、感謝しかない。私が迷走している間も、淡々と日々を動かしてくれた。立ち止まらずに、生活を共にしてくれた。どれだけ支えになったかわからない。

あと、友達には、片っ端からお世話になった。話を聞いてもらった。聞いてもらうだけで、気がどんどん楽になる。みんな本当にありがとう。

その友達たちから紹介されたセラピストや妖精の声が聞ける人や、将来が見える人やら、過去世が見える人やら、占い師や見える系の手品師や、弁護士や……。とにかく、いろんな人に手当たり次第会ってみた。そこから薦められたお寺やら神社やらにもお参りに行った。お話も参考になるし、なにより行動すると気が紛れる。

掃除も大事。雑多に置き去りにされたE氏の荷物をどんどん片付けて、空間が空いてきれいになっていくと、心の空間も空いていく。

時間薬《じかんぐすり》。これは、もちろん役に立つ。時間が経てば、気持ちも落ち着き、なんとかなるものだ。慌てず騒がず、ゆっくり時が過ぎるのを待つのも大事。

食事の前に少し長く祈ることにした。日々、ごはんを食べるのは忘れないので、そこで祈ることにすれば絶対に忘れないからね。個人的かつわがままなお祈りなので恐縮だが、「いつも長々何を祈っているの?」と聞かれるので、ちょっとお披露目(笑)。


「今からいただく、天地《あまつち》の恵みに感謝します。

生きとし生けるものが幸せでありますように。

世界が平和でありますように。

私はこの食物でさらに健康で元気になり、人様のお役に立ちます。

ブラウンンズフィールドにいらっしゃるたくさんの人が、笑顔で幸せです。

それを受けて、私もスタッフも家族も幸せです。

Eさん(前夫)とYさん(前々夫)にも、愛と感謝を送ります。

5人の子どもたち、8人の孫たちが、みんな元気で幸せに過ごしています。

ご先祖様、お父さん、お母さん、ここまで脈々と命をつなげてくださったことに感謝します。

これからも子孫繁栄しますように。

いただきます!」

と、前夫たちへの祈りも入れてある。本当のことを言うと、彼らには心の底からはまだ感謝できてないかも。けれど、毎回言っているうちに、だんだん本心になっていくと信じてる。実際、彼らのおかげで子どもたちやかわいい孫たちがいるわけだからね。

視点を変える。これもいい。

コップに水が半分入っているとする。「えー。半分しか入ってないじゃん！」と思うのと、視点を変えて、「半分も入っていてありがたい！」と思うのでは、ずいぶんと違う感覚になる。その後の過ごし方、生き方までも変わってくる。同じ半分の水なのに。

人は本当に欲張りだ。手元足元に十分幸せがあっても、もっともっと、と亡者のようにさまよい続ける。私は彼を反面教師として、「おかげさま」で生きていきたい。

最後、私を大きく支えてくれたのは、ブラウンズフィールドの自然。当初一番辛い時期、毎朝早く起きて、田んぼの向こうの竹藪《たけやぶ》から昇ってくる朝日のシャワーを浴びながら、深呼吸した。

ヨガの太陽礼拝をし、シャバアサナ（屍《しかばね》のポーズ）で横になったとき、まわりの草花と手をつなぎ、お願いをした。

「今、ちょっと力が足りないの。どうか少しエネルギーを分けてくださいな」

風が吹き、木々がサワサワと揺れ動き、土の中の地下茎を通して、木も野菜も米も草もみんなながつながり、私を応援してくれた。自然とつながることができると、本当に落ち着く。優しい力がみなぎっていく。

今、私はとっても幸せ。子どもたちも孫たちも、スタッフも友達もお客様も、自然たちもみんな私を支えてくれている。本当にありがとう。これからは、私にできることで精一杯お返ししていこうと思う。

そして、E氏がいなくなったおかげで、夫婦として、こうあらねばとか、気を使うとか、多少我慢してでも添い遂げなきゃならないという勝手に思い込んでいた枠が外れて、とーっても自由で楽。介護する心配もない（笑）。

さらに、家族を切り捨てるという暴挙を目前にしたおかげで、私にとっては、どれぐらい家族が大切かがあきらかになった。

もう、何も迷わず、楽しく生きていける気しかしない。時間はかかったけど、ありがたいハプニングだったのだと思えるようになった。

うん。やっぱり、前夫たちにもっと気持ちを込めて愛と感謝を送ることにいたしましょう。

DECO'S
SUSTAINABLE LIFE

引き寄せたクリスタルボウルで新境地

10年以上前のこと。毎年8月の満月の夜に、近くの三軒屋海岸でクリスタルボウルを聴かせてくれるおじいさんがいた。彼は、ピンクが好きで、全身ピンクでコーディネートしていて、絵も描き、料理も占いもし、そしてクリスタルボウルも奏でるスピ系な小粋で不思議なおじいさんだ。

まだ昼間の温かみが残っている砂の上、クリスタルボウルを囲んで、おもいおもいに寝転がりながら、ただただ演奏を聴くという、子連れでも気楽に参加できる会なので、私も毎年楽しみにしていた。その日も30人くらいの人が、演奏を聴きに集まってきていた。

クリスタルボウルは、耳で聴かせるというより、体の約60パーセントを占めるといわれる水分を波動で揺さぶり、不要なものを排出し、チャクラを活性化させるといわれている。

寄せては返す波の音とクリスタルボウルの音が絶妙に響き渡るなか、水平線の向こうから、黄色みを帯びた信じられないほど大きな満月が昇ってくるという、かなり幻想的なシチュエーションに身をゆだね、ぼんやりと考えごとをしていた。

「そろそろ子育ても一段落かな。あまり手がかからなくなってきたよなぁ。今まで子育てのほかに趣味的なものはなぁんにもやってこなかったけど、何か楽器のひとつでもできたら楽しいだろうな〜。料理教室以外でも演奏会とかできるようになったら、素敵よね〜」

「でも、今更、フルートとかピアノとか難しそうだし……。打楽器でもないしな……。あれ？　これこれ、このクリスタルボウル！　どうかな？　楽譜とかなくて、思いのまま奏でればよさそうだし、いいかも！　お月様、お月様、どうかクリスタルボウルを手に入れることができますように」と祈ってみた。

帰ってから、早速インターネットで調べてみた。ひとつ10万円前後。7つのチャクラセットで、60～70万円はする。ちーん。1個ずつそろえるにしても、相当無理なんですけど。

ところが。満月からちょうど3日後、以前ブラウンズフィールドの経理のお手伝いをしてくれていた人から突然の電話。

「デコさん、デコさんはきっと知らないと思うんだけど、クリスタルボウルという楽器があるのよ。私のご近所のお友達のところでね、都内にいる娘さんがいらなくなったクリスタルボウルを置いていったらしくって、それが押入れを占めていて、邪魔らしいのよ。お盆にお客さんの布団をそこに入れたいから、それまでに取りにこられる人を探してるんだけど。捨てるのはもったいないでしょ？　お宅なら、使いたい人がいるんじゃないかと思ってさ、電話してるんだけど、どうかしら？」

「はい!?　今、な、ん、て、おっしゃい、ま、し、た？」（マジか？　キター!!　クリスタルボウル！）

いや、本当にびっくりした！　こんなことってある!?　これを引き寄せって言わなくて何を引き寄せって言うんだ!?　一生分の引き寄せを使い切ったかもしれん。お月様、ありがとう～。

次の日、車を飛ばしてクリスタルボウルを引き取らせていただいたのは言うまでもない。手造りしょうゆをお土産に。わらしべ長者みたい。ありがたや～。

帰って、花瓶などがごっちゃり入っていた、購入したばかりの「慈慈《じじ》の邸《いえ》」の棚を掃除して、クリスタルボウルを置いてみたら、ピッタリ収まって、さらにびっくり。

キミたちは、ここに来たかったんだね〜。おかえり。

ピンクのおじいさんに何度か使い方を教えていただき、その後は自由に、時々リトリートやサスティナブルスクールのとき、興味をもってくださる宿泊のお客様のために奏でさせていただいている。横になって聴いてもらうので、大抵みなさん熟睡してしまう。

なので、むしろ好き勝手に、自分が気持ちのよいままに鳴らせられて気楽だ。目覚めたみなさんからも、「すっきりしました」と言ってもらえて、自分も弾きながら音を浴びられて最高！

クリスタルボウルは、アメリカのNASAで研究していた人が石英を再結晶化することに成功して作られたということらしい。宇宙を研究していると、その先の精神世界にたどり着くとか……、真相は知らないけど、なんとなく納得できる話だ。

私のところに来たクリスタルボウルは白いクラシックなタイプだけど、スピリチュアルな場所として有名なシャスタ（カルフォルニア州の霊山）に行ったときは、驚くほどカラフルで透明なクリスタルボウルが所狭しと並べてあるお店があってびっ

くりした。最近では、そんなクリスタルボウルを使ってヒーリングする人も多いそうだ。

実は、安海《あん》をバリ島で産んだとき、生後3週間の安海と上の3人の子どもたちを連れてクリスタルボウルのヒーリングセッションを受けに行ったのが、私とクリスタルボウルの出会いだった。ウブドの田舎のジャングルの中、風が吹き抜ける気持ちのよいコテージ。板張りの木の床に家族で寝転び、白い衣装をまとって長い金髪を三つ編みに結ったオーストラリア人の美しい女性が、大きなクリスタルボウルの間を舞うようにして奏でていたのを思い出す。

私たち家族の健康と平和を願ってセッションをしてくれたのだけど、終わったあと、セッション中で見えたことを話してくれた。

そのとき私は子育て以外何もしていなかったのだけど、彼女が言うには、「あなたが大勢の前でお話ししている姿が見えます。本も出している。今いる子どもたちのほかにも、まわりにたくさんの子どもたちが見えます。10人……？　12人……？」とのこと。

「いやいやいや、ちょっと待って。これ以上産めないし、そんなに育てられないし。それに人前で自己紹介するのが精一杯で、お話しなんかできないし～。本なんか書けないし～。見えたかもだけど、無理だから～」と、思った。

今考えると、ずいぶんとその通りになっていて、不思議な気持ち。たくさんの子どもたちって、今暮らしているスタッフの子たちが見えていたのかもしれないね。

山形県出羽三山の一峰・羽黒山の宿坊「大聖坊」の十三代目を継承している山伏、星野先達（星野文紘氏）が、つい先日ブラウンズフィールドにいらして、リトリートをしたのだけど、その最後に、先達の読経、三田愛さんの書道、そして私のクリスタルボウル、という世にも珍しいコラボにうっかり参加させていただくことになった。

いつものお気楽な演奏とは異なり、みなさん起きて見ているので、いささか緊張したけれど、先達が法螺《ほら》貝《がい》を吹くたびに、クリスタルボウルが共鳴し、ものすごい波動の読経が降り注いでくるので、私の意識も飛んで、いつの間にかどこかの次元に連れ去られていた感じだった。

ということで、なんだか新境地が開かれ、演奏家としてのデビューも果たしちゃった。スピリチュアルの世界もおもしろいね。

よりたかさんの無肥料栽培セミナーがすごい！

岡本よりたかさんのことは、以前からSNS上で農のスペシャリストとして知っていて、遥《はる》か遠い憧れの存在だった。ある日、よりたかさんの本の出版記念パーティーが、東京の三軒茶屋の「85BAL TEPPEN」というバーレストランで開催されると聞き、行ってみた。

ブラウンズフィールドは、スタッフの入れ替わりが早いので、農の方向性や土作りに一貫性がもてず、困っていた。なので、よりたかさんの本から何かヒントを得たいと思っていたところだった。

よりたかさんは、背が高く穏やかな笑顔の素敵な方で、たくさんの人に囲まれて、話しかけられそうにもない。帰りがけ、意を決して声をかけてみた。

「あの、私千葉で自給的暮らしをしている者なのですが……」

「知ってます。中島デコさんですよね？　僕もマクロビオティックを実践していたことがあるので、本も持ってます」（え!?　マジ？）

「えっと、可能でしたら、いつかご都合のつくときに、ブラウンズフィールドで自然栽培セミナーをやっていただきたいのですが……」

「あ、いいですよ。スケジュール調整してみますね」（やったぁ～！）

心のなかで大きくガッツポーズをしたのは言うまでもない（笑）。

そんな私の押しかけ的なアプローチで始まったよりたかさんとのおつきあい。月に1度、年7回、一泊二日の無農薬無肥料自然栽培セミナーを始めて、はや6年目となる。

毎回、セミナーは定員いっぱい。日本の各地から参加者さんが駆けつけてくださる。おかげで、どんどん、ブラウンズフィールドの円形セミナー畑の土がよくなり、見違えるよう。

よりたかさんのすごいところは、生徒さんがどんな質問をしても、ちゃんと分析していろんな角度からきっちり答えてくれるところ。とにかく研究熱心で人生経験も豊富なのだ。

ひとつ問題なのは、彼が座学のときにあまりにも心地よいウイスパーボイスで講義すること。その声で元素記号を並べながらささやかれると、右脳派の私は、あっという間に睡魔に襲われて、少しも習得できない（あ、これは自分の問題だったね）。

農のほかにも、しょうゆを麹から作る合宿や塩炊き合宿、妻の阿弥さんと一緒に越前シャツ作りなどもブラウンズフィールドで開催してくださり、食や手仕事にも精通していてなんとも多才。

そんな、よりたかさんなので、全国で引っ張りだこ。そろそろ独占していられないよね、と思っていたら、よりたかさんは昨年「耕師《たがやしし》」という、よりたかさんの講義を受け継いで教えることのできる人材の育成に乗り出した。

まんまとブラウンズフィールドの農スタッフたつさんが参加してくれて、現在、よりたかさんとたつさんが交代でセミナーをやってくださり、引き継ぎ中。これで、今後も安心して毎年農のセミナーを続けていくことができそうだ。ちゃんと次世代にバトンをつなげていく姿勢も、本当に素晴らしいよね。

ということで、これからも、よりたかさんのいちファンとして、応援、追っかけしていこうと思っている。

アラブに呼ばれてマクロビ指導したけれど……

2014年のある日、突然英語で、「おりいってお願いしたいことがあります。詳しくはお会いしてから」という内容のメールが来た。ライステラスカフェに来てもらって会ったのは、背が高いオランダ人のアストリッドさんという女性。

「私のボスが、マクロビオティックの料理を習いたいと言っています。ボスの家までいらして、料理教室をしていただくのは可能でしょうか?」とアストリッドさん。

「あ、いいですよ〜。ご自宅はどちらですか?」

「アラブ首長国連邦（UAE）です。詳しい場所はお伝えできません」

「……えっ!?」

あまり詳しい説明のないまま、日程調整を済ませ、マクロビオティック食品を詰め込み、通訳とアシスタントを担当するスタッフの佳代ちゃんと共に、指定の空港に降り立った。初めて訪れるアラブの地。空港内のスタッフほとんどが、アラブの民族衣装に身を包み、女性たちは、黒く長いローブ、アバヤで髪や顔を隠している。空港だけでも異国情緒満載だ。

待ち構えていたのは黒塗りの高級車。ホテルへ移動なのかと思いきや、到着したのは夜のとばりに包まれた小さな魚港。その場でモーターボートに荷物と私たちを積み込み、漆黒の闇の中を水しぶきをあげながら勢いよく進んでいく。

「わぁ、なんだかめちゃめちゃスパイ映画みたいな展開！　私が金髪美女なら007やん」。もう、終始ドキドキだった。

到着したのは、美しいしつらえの小さな島の豪華なコテージ。ウエルカムフルーツだけでも目にしたことのない大きさ。バルコニーの向こうに見えるのは、ぼんやりと月明かりに光る椰子《やし》の木と海。

翌日、ジープで砂漠を15分ほど走った先の大邸宅に連れて行かれ、アストリッドさんのボスに謁見。どうやら、私を招いてくれたのは、ある石油王の奥方。この豪邸は、彼女専用の趣味だけのお家だとか。リアルお姫様だった〜。

お姫様は体調をくずされていたのだが、ベルギーの先生の指導でマクロビオティックを実践し、体調が大幅に改善したとのこと。そこで、もっとマクロビオティックについて学び、料理の幅を広げたいという思いから、マクロビオティックの発祥の地である本場日本からマクロビオティックの先生を招きたいと考えた。そして、どうやらインターネットで検索して、私に白羽の矢が立ったということらしい。もう驚きの連続でしかない。

お姫様はとても美しくて気品に満ち、それでいて少しも偉ぶらず、精神性も高く、素敵な人だった。ご自分で産んだ子どもは5人。女子、女子、男子、女子、男子と、私の子どもたちと男女の順番も一緒。でも、一人一人の誕生と共に、孤児院へと足を運び、同じ年に生まれた孤児を養子として迎え入れてきたので、現在子どもは10人。普段は都会の、もっと大きな邸宅に子どもたちと住んでいると言う。

ともかくも、住まいや室内、ましてやお姫様を写真に撮ってはいけないし、アラブ首長国連邦のどこなのかも、明かしてはいけない。ご主人は誰なのか？　お姫様は第何夫人なのか？　とか、つっこんだことは一切聞いてはいけない。

だから、今こうして思い出していても、現実なのか？　夢か幻だったのか？　ちょっと自信がなくなってしまう。

お城の中でのお姫様は普段着で、アバヤをまとっているわけではないし、気さくで話しやすくて、マクロビオティックでの子育ての思いや悩みなども共通していたし、同じ穀物菜食をしているからこその、言葉ではない同じ波動で通じ合えた部分がたくさんあった。

ただ、お姫様に個人レッスンをするのかと思いきや、キッチンで働くフィリピン人のプライベートシェフたちにマクロビオティック料理の作り方や、みその造り方、豆腐の作り方などなどを教え、お姫様とは、作った料理を一緒にいただきながらお話ししただけ。

そりゃ、そうだね。

半年後にも10日間ほど、都会のご自宅のほうにお伺いしてレッスンした。そこはもう、リアルにお城！現地の人もパレスって呼んでいた。護衛兵がいる入口から車でお城まで美しい庭を抜けるのに数分かかる。犬も保護した小型犬だけで60頭、ほかに大型犬も馬もたくさんいるらしい。車だって30台以上もあって、それに伴って、運転手だけでも30人いて、コックさん、清掃員、庭師、動物の世話係、家庭教師、etc.　お城の維持管理には数百人のスタッフが関わっているらしい。

そんななかでマクロビオティックを実践しようとするお姫様もすごいな〜、と思うし、お人柄も素晴らしいので、彼女を否定するわけではないのだが……。

受けた印象としては、なんだか全部がフェイク。石油が湯水のように湧き出て、それがお金に換算されているからだけで成り立っている、まさしく砂の上の城。全部が輸入食品。身土不二で、なんて言ってたら、デーツしか食べられない。

こんなに豪華でも、お姫様も私たちと同じひとつの命。ごはんを食べればウンチもする。そして、健康は、命は、お金では買えない。だから、こうして東の果ての国の健康法まで探したりしてる。

「遊びにいらしてくださいね」とお伝えして、「うれしいです」って言っていただけたけど、絶対に来られない。費用はともかく、何百人も動かしてプライベートジェットを飛ばしておおごとになっちゃうし、何かあったら国の有事だからね。

だから、自分で計画してフラリとバックパック背負って旅行できるなんて、ものすっごく贅沢なんだよ。

「刈っても刈っても草が生えてきて、嫌になっちゃう！」って、夏になると毎年思うけど、夏場の気温48度、年に1〜2回しか雨が降らない砂漠に比べたら、季節があって土があって、雨が降って草が生えるっていう、この幸せを噛みしめたい。

緑が多いところは空気もおいしい。湧水、川、温泉！　米ができるなんて

もう最高だ!!

みなさん、もっと、もっと、足元にあるお宝を大事にしようね。ピカピカなフェイクを追いかける必要は、ぜんぜんない。日本にあるものを、日本の文化を、今持っているものを、ちゃんと丁寧に慈しめるようになりたいね。

それにしてもよい経験をさせていただいた。これも、マクロビオティックをやってきたおかげなわけで。ありがたし。

人生、何が起こるかわからないね。

安海《あん》と一緒に助産院を立ち上げたいな

私の友人がバリ島のブミセハットという助産院で出産をすると言うので、「グリーンスクール」に在籍していた安海に連絡して、見学をさせてもらうことになった。そこで、安海は、その助産院の創設者であり助産師のロビン・リムと出会う。

ロビンは36歳でバリ島に移住して、貧困女性のお産介助を始め、８人の子育てをしつつ、49歳で、貧しい妊婦に24時間３６５日無償医療を提供するブミセハット国際助産院バリ島クリニックを開業。２０１１年にＣＮＮのヒーロー・オブ・ザ・イヤーに選ばれた現代のマザーテレサと言われているすごい人だ。

ブミセハットは奇跡の助産院と呼ばれていて、20年間で1万人の赤ちゃんを自然分娩で取りあげたなか、搬送率5％、帝王切開率2・4％、会陰切開率0・05％、母乳成功率100％だそう。多分、日本の薬を使った無痛分娩や日時コントロールをしている一般的な産院の医師が見たら、信じられない数字だと思う。

安海は、あらためて助産師になることを決意。英語が自由になった安海なので、どの国で免許を取るか迷ったのだけど、「日本で免許を取ると、後々海外でも書き換えられるけど、逆はない」と言われて、結局日本に帰ることに。そこからしゃかりきになって高卒認定試験の勉強をして取得し、帝京平成大学の入試に合格。

4年で助産師になれるはずが、またもややんちゃな書き込みをSNSにあげ、そのコピーを匿名で同級生に学校に提出されるなどの事件や、途中で妊娠3回、一人死産、2回休学などなど、これまたいろいろあって、7年かかってやっと卒業。看護師免許、助産師免許取得。2022年、ようやく就職。あ〜、長かった〜。でも、学生時代に妊娠・出産・死産・育児などを経験したことは、その後の助産師としての仕事にプラスになる、と信じている。

現在、「私、赤ちゃんと毎日接していて本当に楽しい。天職だと思う。今日も赤ちゃんを取りあげたの」と、ちょいちょい孫と一緒に遊びにきては、報告してくれる。そして、優しく素敵な夫の直己くんと協力しながら、二人の子どもの、ものすっごくいいお母さんをしている。あの、デビルアンが……（私、これまとめながら泣いてる。みんなも、読んでくれてありがとう）。

人間、やりたいことを見つけたあとの馬力ってすごいよね。何度もギリギリアウト！　をひっくり返して目標達成してきた安海。さすが、デビルな底力（笑）。見守ってきて、よかったわ〜。関わった先生方も、退学させずにおいてくれて感謝。

「私、やりたいことが見つけられないんだもん」と思っている人も、きっと多いよね。でも、何かしら好きなことってない？　やっていて飽きないことや、楽しいこと、きっとあるよね。それを仕事にしなくちゃって焦る必要はないけど、とにかく続けてみて。長く続けていたら、そのことに初めて触れる人に伝えてあげられるよね。

資格をとるような仕事でなくてもいいの。長く続けていられる自分や環境に感謝して、ぼちぼちやっていれば、そのうち仕事になるはず。

そして親も、「そんなもうからないこと、目指すんじゃない」って絶対言わないであげてね。心配な気持ちもわかるけど、先のことは誰にもわからない。それより、小さな胸のうちを打ち明けてくれたことに感謝して、それを見守ってあげるだけでよいはず。小さな子は、やがて大きくなって羽ばたいていく。

将来、私は、安海と一緒に助産院を立ち上げたいな（きゃ〜、65歳にもなって将来とか言っちゃった〜笑）。

自然豊かな里山で、妊婦さんの家族がみんなで住み込んで、生活のなかで出産ができるような助産院があったらいいよね。そこで、質素だけど質のよいごはんを食べて、帰宅してからもサクッと作れて体にもよい料理の教室や、おっぱいクラスや子育てクラスもあって、出産前は畑仕事や薪割りもして。愛知県岡崎市のかつての吉村

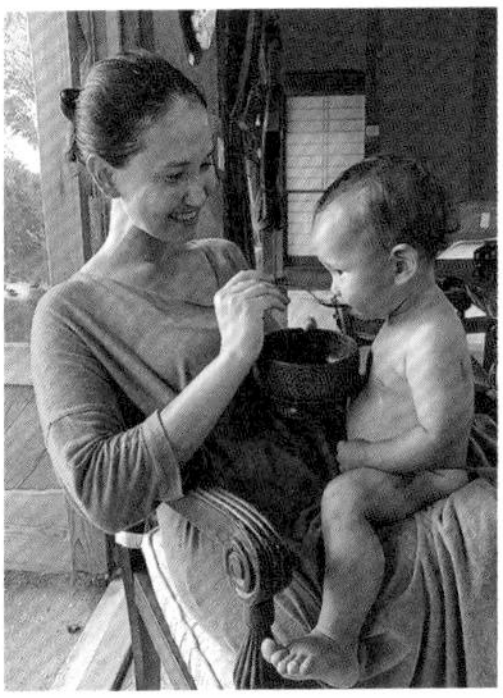

医院みたいな助産院。憧れるな～。「こんな所で産みたかった」を実現させられたらいいよね。

安海がたくさん助産師を経験したあとで、私が元気なうち（いつかな～?:）。

かなわなくても、言うのは無料。なので、どんどんやりたいことをアウトプットしていこ～。

老いについて、死について

先日、東京の実家に立ち寄った。独り暮らしの86歳になる母と、近所に住む私の妹、うっちゃんと食事が終わって、お茶していたときのこと。

「ところで、あんた誰だっけ?」と、突如私に向かってのたまう母。ひょぇ～! ついにキター!! 自分の産んだ子がわからなくなるボケ。数年前からボケが始まっているな～、とは思っていたが、すでに最終段階に突入か!?

「千里（もうひとりの妹）じゃないよね? 千里は、そんなに足が細くないからね。裕子（私の本名）でもないよね? 裕子はそんなに白髪頭じゃないからね」

あはは。ボケつつ両者を軽くディスってないですかぁ? 近所に住んで、私より会ってる頻度が高いうっちゃんのこともわからないご様子。

「あれ? ママ、知らない人とごはん食べて、お布団まで敷いちゃうの?:」と、うっちゃん。

「いいんだよ～。空いてるから誰でも泊まってって～」と母。もう、大笑い。よかった～、明るいボケで。

キレたり叫んだり、落ち込んだりするボケだと大変よね。

近所に住んで、日々母に寄り添ってくれている妹の千里にも大感謝。でも、そろそろこの先どうするかを考えなくちゃいけないね。


母には、私たち姉妹4人、孫12人、ひ孫も12人いる（ひ孫は増殖中）。妹たちは、母に子どもたちを預けて働いていた。保育園の送り迎え、学童代わり、おやつ、夕飯作りをほとんど全部母がやっていて、この3DKの公団住宅の部屋には、毎日子どもたちの笑い声があふれていた。


母は、とても雑。学歴も知識もない。美人でもおしゃれでもない。上品じゃないし、口も悪い。でも、だからこそ、安心して側《そば》にいられる。いつもガハハと笑っていて、飾らず裏表がなく、大量にごはんを作って、隙さえあれば人に食べさせるのが上手。

とにかく、私含めて一族みんなママが大好き！

お正月には、全員が実家に集まり、母が煮物、黒豆、きんとんをたくさん炊いて、みんなで、酒や肴《さかな》やスイーツを持ち寄って、大宴会、大お年玉あみだくじ大会をやったものだ。

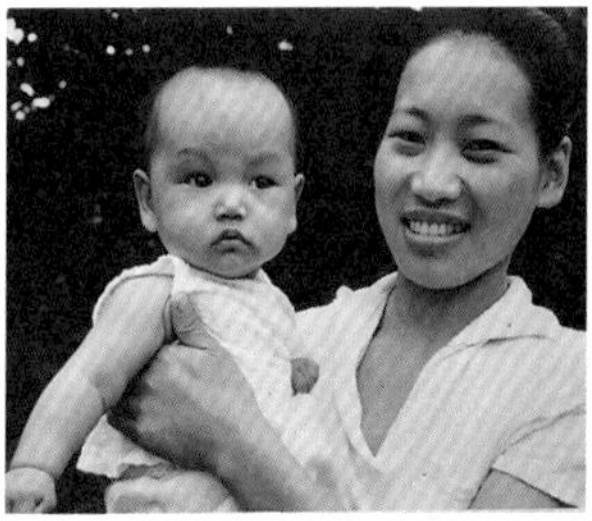

最近では孫たちが大人になって家族を作り始めていて、コロナも手伝ってかあまり立ち寄れず、母は独りでいることが多いようだ。寂しいけれど、寂しいとも感じてないみたい。


ボケてしまったときの思考回路って、どうなっているんだろう？　ボケたもん勝ち、って感じもするけど、明日は我が身。自慢じゃないけど、わたくしボケる資質だけは十分持ち合わせているので、すごく興味深い。

20歳年上の老いてボケた母を目の前に、考えさせられる。自分は20年後、長くてもせいぜい30年後、どうなってる？　どうありたい？　どうしたい？

人は、誰でも間違いなく死ぬ。何も持たずに裸で生まれてきて、その瞬間から死に向かって歩む。たくさん欲ばった挙句、何も持てずにまた、ただ死ぬ。いくら金持ちでも、いくら美しくても、いくら大きなことを成し遂げたとしても。

目も歯も記憶も悪くなり、シワやシミが増え、毛が抜け、白髪となり、足も体力も気力も衰える（このあたり、日々痛感）。多少あらがったとしても大差ない。さぁ、どうする？　おもしろいね。

多分クレオパトラや楊貴妃や卑弥呼あたりも、永遠の命と美しさを求めた

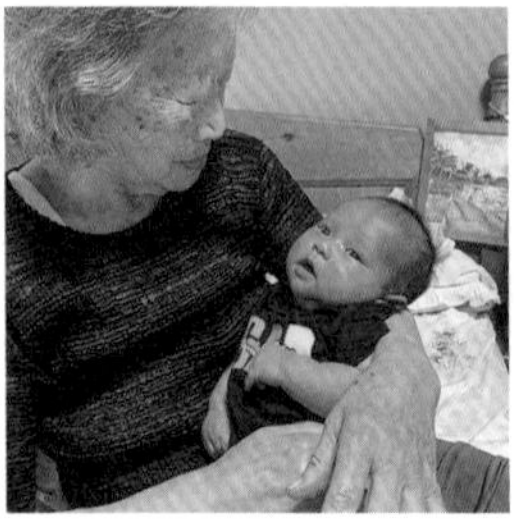

だろうけど無理だった。生き返りを懸けて、ピラミッドや古墳を作ったかもだけどダメだった。

現代の大金持ちたちや天才たちが、投資し、最高の科学技術を集約しても、不死身にはなれていない。

若いときは考えてなかったな〜。ただただ、若さを享受し、無駄に時間を使い、体をいたわらず、快楽を貪り、ないもの、持てないものばかりに目を向け、不平不満を言い……。それ全部含めて「若さ」なのかもしれないが、ちょっともったいなかったな〜。


老いて死にゆくのが、怖くないと言ったら嘘になるけど、もう、この際、すっぱりあきらめよう。あきらめて何もしない、とか、人の迷惑顧みず自分の好き勝手に行動する、とかではなく、先々のことを考えすぎるのをすっかりやめて、今この瞬間、自分ができていることに目を向け、感謝して生きたいと思う。

だって、先のことを憂いてもしょうがない。数分後に交通事故で死ぬかもだし、数時間後に脳卒中で倒れるかもだし、明日地震で古民家の柱の下敷きになるかもしれないからね。


青空が見える、風を感じる、花の香りがする。ごはんを食べておいしいと思える、できない人もいる、できなくなるかもしれない。でも、もし今できるなら、できることを思いっきり感じて、楽しめることに感謝する。それしかないなって思う。

夜寝るときは、今日一日できたこと、楽しい、美しいと思ったことを思い出して寝る。起きたときは、寝たまま死なずに目覚めたことに感謝する。そして私が寝ている間に働き続けて私を修復してくれていた、自分の60兆個の細胞たちや百兆ほどの常在菌たちにもお礼を言って、「今日も、一緒に素敵な一日を作っていこうね」と願う。

日々こうして過ごせていたら、いつ死んだっていいんじゃない？　いつでも、死ねる覚悟をもって日々過ごすことができたら最高だよね。

とは言いつつ、まだまだいろんな執着も捨てきれず、自分の部屋の掃除さえ満足にできないのに、終活ちゃんとできるのかな？　とため息。

次の朝。母は、私を忘れたことをすっかり忘れていた（笑）。昔話や旅行の話などをしながら、区民公園をゆっくりお散歩。8年前に、二人で行った、母念願のお遍路さんの旅のことはずいぶんとはっきり覚えていた（この時点では）。四国一周はできなかったけど、一緒に行っておいてよかったな。

家に帰ってから、泊めてもらったお礼の電話をしたら、私が行ったこと自体記憶から抹消されていた。でも、なんだか幸せそうだな。記憶の旅を行きつ戻りつしながらも、どうかまだまだ長生きしていただきたい。

すべてを「うけたもう」して生きよう！

前述の星野先達は、縁あってブラウンズフィールドにも時々顔を出してくださる。ウチでお会いするときは、とってもおしゃれでチャーミングなおじいちゃんなのだが、こと修行の場になると眼光鋭く厳しくて、どんな若者にも負けない素早さで山を駆け巡るらしい。
そして、修行中、先達が何を言っても、どんな無理難題な指示を出したとしても、修行者はすべて「うけたもう」と答えなければならないのだとか。

「うけたもう」って、素敵ですごい言葉だ。何が起きても、すべてを受け入れるってこと。

辛いことも大変なことも、できそうにないことも、「うけたもう」してみたら、きっと乗り越えられるに違いない。楽しいこともありがたいことも、「うけたもう」してみたら、自分にはそれを受け取る価値があることを認めることができる。
自分に巡ってきたものを「うけたもう」と素直に受け止めたら、ずっと生きやすくなる。

発酵デザイナー小倉ヒラクさんと対談したとき、「デコさんは、生まれたときから『うけたもう力』が備わっているのではないかな？」って言っていたことを思い出した。備わっていたわけではないと思うけど、筋トレのように「うけたもう力」を少しずつ育ててきたのかもしれないね。
小さなたとえで言えば、私は人前で話すのは苦手だった。ほんの15人くらいの子育てのサークルでの自己紹介でも、あと何人で自分の番が回ってくるかとドキドキしていたし、何を話せばよいかわからず、しどろもどろだった。

「お話し会をしてください」と言われ、何度も逃げ出したかったけれど、「うけたもう」しているうちに、少しずつ怖くなくなった。今では、50人や100人が聞いていても、その場の空気感でそこにいる人に、私の経験から何を話せばよいかが降りてきて、話せるくらいになった。

「うけたもう」って言ってみて。背筋が伸びて腰が入り、丹田に力が入る。むしろそうしなければ、「うけたもう」って言えない。おもしろいね。

大いなるものを真摯《しんし》に承る感じ。上から目線でも、卑屈でもない。

とりあえず、「うけたもう」と言ってみると、そこから力が湧く。やるしかないからできていく。

発酵の世界では、「菌は何が起きても動じない。生まれた環境のなかで、今を精一杯生きていて、これも、最高のうけたもう力を発揮していると思う」とヒラクさん。なるほど〜。今を全部精一杯「うけたもう」している菌の世界も、感慨深い。

先日、屋久島に行ってきた。屋久島は直径三十㎞にも満たないのに、高さ二千m近くの山がある。だから、海で蒸発した湿った空気が山に当たって、通年大量の雨を降らせ、森を育み川となり、海に還る、という自然の循環が、小さな島だけにすぐ目の前に繰り広げられている。水はとても豊かで美しく、泳ぎながらその水を飲める。東京育ちの私には、感動でしかない。隅田川もいすみ川も、その昔はきっとこのくらい澄んでいたに違いない。と思うと、人間の欲の深さと愚かさに打ちのめされる思いだ。

縄文杉まで行かずとも、森に入ると樹齢千年を超える屋久杉たちに出会うことができる。森はたっぷりと水分を含み、霧の中に木々と苔《こけ》の緑がどこまでも広がり、幻想的だった。

島の栄養の少ない岩に根づいた屋久杉は成長が遅く、年輪が緻密で樹脂分が多いので、腐りにくいから寿命が長いと言われている。あちこちに倒木した杉の木も苔に覆われ、苔たちの間に無数の木の赤ちゃんが芽を出し、成長していた。倒木たちは、新しい木々が育つ場所として自らを捧げて、ゆっくりゆっくり何百年もかけて朽ちていっている。

その荘厳な美しさに、心うたれてハラハラと涙した。これこそ、まさに「うけたもう」の姿だった。

この世にひとつだけ真理があるとしたら、「すべては必ず変わりゆく。永遠に不変のものはない」。つまりは、諸行無常なんだってことが、この大自然のなかで腑《ふ》に落ちた。

だとしたら、私はこの倒木のように生きよう。大いなる自然の循環のなかで、すべてを「うけたもう」し、静かにゆっくりと次世代のために心血を注いで、最後の日まで楽しんで生きていけたとしたら、本当にありがたい……。

ありがとう。

おわりに

やった〜！　私なりに、やりきって書きあげることができました！　とりあえず、自分を褒めてあげよう。がんばったね、私。

昨年、オーガニック系編集者の吉度さんから本のお話をいただいたときは、「書きおろすなんて、無理です〜」と、一度お断りした。前著の『生きてるだけで、いいんじゃない』（現在は電子書籍のみ）は、「自然育児友の会」の会報に連載していたものをまとめた形だったけど、今回は書きためたものもないわけだし……。

ブラウンズフィールドの運営やイベント、季節仕事、日々のルーティーンをこなしつつ、娘たちが妊娠し、出産子育てのヘルプもあり、どうやって短期間に集中して書く時間を作るのか、まったく自信がなかった。だけど、久しぶりに前著をパラリとめくって奥付を見たら、発行２００４年って書いてある。来年は２０２４年。ちょうど20年！　この先記憶も思考能力も衰える一方なのに、今書かなくてどうする!?　これは「うけたもう」でしょ！　と思いなおした。

家にいるとおしゃべりや手仕事に現実逃避しがちなので、県内のエアビーを月1〜2回予約し、数日こもって自分を追い込んだ。塩、みそ、しょうゆ、米、野菜を持ち込み、自炊。音楽かけながら、朝から晩まで集中してみた。それはそれで贅沢で楽しい時間だったな〜。プチ文豪生活。終わっちゃうのが寂しいくらい。

でも、これはひとえに快く送り出し、サポートしてくれた愛すべきブラウンズフィールドのスタッフたちと娘たちのおかげ。本当にありがとうね。

そして、卒業生のみんな、ブラウンズフィールドに関わってくださった方、いらしてくださったお客様、ご近所のみなさん、この本に登場してくれた方も、紹介しきれなかった方も、ありがとうございました。

本に載せる写真を迷っていたら、まるで天からのお使いのように写真家だったというサムが短期スタッフで来てくれて、美しい写真を撮ってくれたのには驚きだった。ありがとう。農で忙しいのに、トミーもサポートありがとう。舞宙音が昔の写真を掘り出してくれて助かったな。ありがとう。

さらに、ブラウンズフィールドの自然、微生物たち、見えないエネルギー、私を支えてくれたすべてに感謝。こんなおばあちゃんのたわごとを、最後まで読んでくださったあなたにも感謝。

私はこれからも、可能な限りまわりをサポートしつつ、無理せず、楽に楽しく、生かさせていただけるまで生きていこうと思っています。

どうぞみなさん、ぜひこれから先もご一緒に。よろしくお願いします。

中島デコ

最後に。

阿部了さん。素晴らしい写真を撮りおろしてくださり、ありがとうございました。パルコ出版の堀江由美さん、編集者の吉度ちはるさん、デザイナーの沖増みのりさん、お三方が長きにわたって、私の子どもたちが小さいときからの成長を温かく見守ってくださり、ありがたいことに今やヴィーガンおやつのレジェンド的な本と言われるようになった『中島デコのマクロビオティック パンとおやつ』の頃から、ずっと長い間私の人生に伴走してくださったからこそ完成した本です。本当にありがとうございました。

撮影：阿部 了
カバー／扉・本文（P5, P9, P26, P27, P35, P36, P41, P63, P77, P79, P80, P93, P97, P99, P105, P106, P119, P120, P121, P125, P126, P127, P129, P147, P169, P199）

デザイン+DTP：ミノリコブックス

編集：吉度ちはる（よ・も・ぎ書店）

協力：神ノ川 舞宙音 冨本浩平

Special Thanks：Samuel Goh

撮影協力／写真提供：中島デコ＆ファミリー
ブラウンズフィールドのスタッフのみなさん

中島デコのサステナブルライフ
人も地球も心地よい衣食住 農コミュニティ

発行日 2024年1月22日 第1刷

著者 中島デコ
発行人 宇都宮誠樹
編集 堀江由美
発行所 株式会社パルコ
エンタテインメント事業部
東京都渋谷区宇田川町15-1
https://publishing.parco.jp

印刷・製本 図書印刷株式会社

Printed in Japan

ISBN978-4-86506-435-3 C0095

〒150-0045 東京都渋谷区神泉町8-16 渋谷ファーストプレイス
パルコ出版編集部